Spécial week-end

Pas besoin d'être un cordon bleu confirmé pour réussir les recettes qui suivent. Il faut simplement avoir envie de cuisiner, pour soi, sa famille ou ses amis. Sortez de la routine, c'est le moment d'essayer des plats qui changent un peu et de combiner des saveurs nouvelles. Pas de soucis : la réussite est garantie puisque ces recettes sont déjà « passées trois fois à la casserole » avant de vous être proposées. Alors, à vos fourneaux !

Sommaire

Soupes et hors-d'œuvre

Harira

Pour 8 personnes.

PRÉPARATION 25 MINUTES • TREMPAGE 12 HEURES • CUISSON 2 H 15

200 g de pois chiches secs
20 g de beurre
2 oignons jaunes moyens finement hachés
2 branches de céleri émincées
2 gousses d'ail pilées
20 g de gingembre frais râpé
1 c. c. de cannelle en poudre
1/2 c. c. de poivre noir du moulin
1 pincée de stigmates de safran
500 g de viande d'agneau coupée en dés
750 g de tomates épépinées et grossièrement concassées
2 litres d'eau chaude
100 g de lentilles brunes
2 c. s. de farine
100 g de riz long grain
1/2 bouquet de coriandre fraîche
2 c. s. de jus de citron

1 Mettez les pois chiches dans un saladier, recouvrez-les d'eau et laissez-les reposer une nuit ; égouttez. Rincez à l'eau froide, égouttez à nouveau.

2 Faites chauffer le beurre dans une casserole et faites fondre l'oignon avec le céleri et l'ail, en remuant. Ajoutez le gingembre, la cannelle, le poivre et le safran puis laissez cuire environ 2 minutes, en remuant jusqu'à ce que les épices embaument. Ajoutez l'agneau et poursuivez la cuisson environ 5 minutes en remuant, jusqu'à ce que la viande soit dorée.

3 Ajoutez les pois chiches et la tomate et laissez cuire 5 minutes en remuant, jusqu'à ce que la tomate soit tendre.

4 Versez l'eau et portez à ébullition. Baissez le feu et laissez mijoter 45 minutes à couvert. Ajoutez les lentilles et laissez mijoter encore 1 heure à couvert.

5 Délayez la farine avec 130 ml de jus de cuisson tiédi puis incorporez le mélange à la soupe. Ajoutez le riz et laissez cuire jusqu'à ce que la soupe bouillonne et épaississe. (Jusqu'à ce stade, la soupe peut être préparée la veille et conservée au réfrigérateur.) Incorporez la coriandre et le jus de citron juste avant de servir. Vous pouvez décorer chaque bol de feuilles de coriandre.

Par portion lipides 13,4 g ; 326 kcal

Bouillon de volaille aux raviolis chinois

Pour 6 personnes.

PRÉPARATION 40 MINUTES • CUISSON 2 H 50

Nous vous conseillons de préparer le bouillon la veille et de le laisser refroidir ; vous pourrez ainsi plus facilement retirer la graisse figée à la surface. Vous trouverez des carcasses de poulet chez votre volailler.

300 g de viande de poulet hachée
2 c. c. de coriandre fraîche finement ciselée
1 gousse d'ail pilée
1 morceau de gingembre frais de 2 cm râpé
1 piment rouge frais épépiné et finement haché
60 ml de sauce de soja
30 carrés de pâte à raviolis chinois
1 blanc d'œuf
1 c. s. de jus de citron vert
1 c. s. de mirin
1 poignée de brins de cresson
3 oignons verts émincés
2 piments rouges frais épépinés et émincés
50 g de feuilles de coriandre fraîche

Bouillon de volaille

4 litres d'eau
2 kg d'os de poulet
2 oignons jaunes moyens grossièrement émincés
2 brins de citronnelle fraîche grossièrement ciselés
1 morceau de gingembre de 4 cm grossièrement émincé
2 piments rouges coupés en deux
2 gousses d'ail coupées en quatre
1 c. c. de grains de poivre noir

1 Préparez le bouillon de volaille.

2 Dans un saladier, mélangez la viande de poulet avec la coriandre, l'ail pilé, le gingembre râpé, le piment haché et 1 cuillerée à soupe de sauce de soja. Déposez 1 cuillerée à café bombée de cet appareil au centre de chaque carré de pâte. Badigeonnez de blanc d'œuf les bords des carrés de pâte, réunissez-les et pressez-les pour les sceller.

3 Dégraissez le bouillon, mettez-le dans une casserole et portez à ébullition. Faites pocher les raviolis dedans pendant 4 minutes, en deux tournées. Transférez-les dans les bols de service à l'aide d'une écumoire. Incorporez le reste de sauce de soja, le jus de citron vert et le mirin dans le bouillon et ramenez à ébullition. Répartissez dans les bols le cresson, l'oignon vert, le piment émincé et les feuilles de coriandre puis arrosez de bouillon.

Bouillon de volaille Mettez dans une casserole l'eau, les os de poulet, l'oignon jaune, la citronnelle, le gingembre émincé, les piments, les quartiers d'ail et les grains de poivre puis portez à ébullition. Réduisez le feu et laissez mijoter 2 h 30 à découvert. Passez le bouillon dans un tamis fin puis laissez-le refroidir à température avant de le mettre au réfrigérateur. Quand la graisse s'est figée en surface, retirez-la délicatement.

Par portion lipides 4,7 g ; 165 kcal

L'ASTUCE DU CHEF

Les raviolis peuvent être congelés crus et conservés 3 mois. Pour les cuire, vous les plongerez directement dans le bouillon à la sortie du congélateur.

Soupe de haricots noirs

Pour 8 personnes.

PRÉPARATION 30 MINUTES • TREMPAGE 12 HEURES • CUISSON 15 MINUTES

Les haricots noirs sont couramment utilisés dans la cuisine des Caraïbes et d'Amérique latine. Vous les trouverez dans les magasins de produits diététiques et les épiceries fines.

500 g de haricots noirs secs
1 jarret de porc de 1 kg coupé en deux
60 ml d'huile d'olive
2 oignons jaunes moyens finement hachés
1 poivron rouge moyen émincé
4 gousses d'ail pilées
1 c. s. de cumin en poudre
1 c. s. d'éclats de piment séché
400 g de tomates concassées en conserve
2,5 litres d'eau
1 c. s. d'origan séché
2 c. c. de poivre noir du moulin
60 ml de jus de citron vert
2 tomates moyennes concassées
30 g de coriandre fraîche grossièrement ciselée

1 Mettez les haricots dans un saladier et recouvrez-les d'eau. Laissez tremper une nuit puis égouttez. Rincez à l'eau froide et égouttez à nouveau.

2 Préchauffez le four à 220-230 °C. Faites rôtir le jarret 30 minutes sur une plaque de cuisson.

3 Pendant ce temps, faites chauffer l'huile dans une grande cocotte et faites revenir l'oignon, le poivron et l'ail environ 5 minutes en remuant, jusqu'à ce qu'ils soient tendres. Ajoutez le cumin et le piment puis les haricots, le jarret, les tomates avec leur jus, l'eau, l'origan et le poivre. Portez à ébullition puis baissez le feu et laissez mijoter 1 h 30 à découvert. (Jusqu'à ce stade, la soupe peut être préparée la veille et conservée au réfrigérateur.)

4 Retirez le jarret de la soupe et désossez-le. Remettez la viande dans la soupe. Ajoutez le jus de citron, la tomate fraîche et la coriandre au moment de servir.

Par portion lipides 7,3 g ; 155 kcal

Suggestion d'accompagnement Traditionnellement, cette soupe est servie avec des œufs durs, de la crème fraîche ou aigre, de très fins quartiers de citron vert, des oignons rouges émincés, des piments émincés marinés dans le vin rouge, des tomates concassées et des feuilles de coriandre fraîches. Tous ces accompagnements sont présentés dans des petits ramequins et chaque convive agrémente sa soupe à sa convenance.

L'ASTUCE DU CHEF

Pour une consistance plus veloutée, vous pouvez réduire la moitié des haricots en purée.

Bortsch

Pour 6 personnes.

PRÉPARATION 1 H 30 • CUISSON 5 H 50

Nous vous conseillons de préparer le bouillon la veille et de le laisser refroidir ; vous pourrez ainsi plus facilement retirer la graisse figée à la surface. Vous trouverez des carcasses de poulet chez votre volailler.

1 kg d'os de bœuf coupés en morceaux
3 oignons jaunes moyens dans leur peau, coupés en quatre
6 litres d'eau
2 branches de céleri coupées en morceaux
2 carottes moyennes coupées en morceaux
2 feuilles de laurier
1 c. c. de grains de poivre noir
20 g de beurre
1 gros oignon jaune émincé
2 carottes moyennes émincées
1 poireau moyen émincé
3 branches de céleri émincées
3 tranches de bacon émincées
5 betteraves moyennes émincées
3 tomates moyennes pelées et finement concassées
1 petit chou finement ciselé
300 g de crème aigre
1 c. s. d'aneth frais finement ciselé

1 Préchauffez le four à 220-230 °C. Faites rôtir les os et l'oignon environ 1 heure sur une plaque de cuisson, jusqu'à ce qu'ils soient dorés.

2 Versez l'eau dans une casserole ou une marmite, ajoutez les os, l'oignon, le céleri et la carotte coupés en morceaux, le laurier et le poivre. Portez à ébullition puis laissez frémir 3 h 30. Passez le bouillon au chinois dans un saladier puis laissez-le refroidir à température ambiante avant de le mettre au réfrigérateur. Quand la graisse s'est figée à la surface, retirez-la délicatement. (Jusqu'à ce stade, le bouillon peut être préparé la veille et conservé au réfrigérateur.)

3 Faites chauffer le beurre dans une casserole et faites cuire l'oignon, la carotte, le poireau, le céleri et le bacon émincés, en remuant, jusqu'à ce que les légumes soient tendres mais encore fermes. Dégraissez le bouillon. Transvasez-le dans la casserole avec la betterave, la tomate et le chou puis portez à ébullition. Baissez le feu et laissez mijoter 1 heure à découvert.

4 Passez le bortsch au robot ou au mixeur (ou au tamis fin), en plusieurs fois, jusqu'à ce qu'il soit lisse. Remettez-le dans la casserole et faites-le réchauffer. Répartissez dans les bols de service et garnissez avec une cuillerée de crème aigre. Décorez avec l'aneth.

Par portion lipides 25 g ; 404 kcal

Assiette de mezze

Cet assortiment de mezze est typique de la cuisine du Moyen-Orient. Généralement servi en entrée, on peut aussi, en augmentant les quantités, en faire un plat unique pour un repas sans manière où chacun se sert à sa guise. Les recettes qui composent ce mezze sont présentées dans l'ordre où nous vous suggérons de les préparer. Par exemple, les légumes au vinaigre doivent mariner au moins trois jours avant d'être dégustés ; c'est donc la première recette à réaliser.

Légumes marinés au vinaigre

Pour 8 personnes.

PRÉPARATION 15 MINUTES • CUISSON 5 MINUTES

750 ml d'eau
375 g de vinaigre de vin blanc
55 g de sel fin
1/2 petit chou-fleur détaillé en fleurettes
1 navet moyen coupé en quartiers de 1 cm
8 mini-betteraves avec la peau et coupées en quartiers
1 gousse d'ail émincée

1 Mélangez l'eau, le vinaigre et le sel dans une casserole puis portez à ébullition. Laissez bouillonner 3 minutes à découvert.

2 Tassez les légumes dans un bocal stérilisé muni d'un couvercle hermétique. Recouvrez de vinaigre bouillant en laissant un espace de 1 cm sous le couvercle. Fermez immédiatement. Laissez reposer dans un endroit frais et obscur au moins trois jours avant de consommer. Une fois le bocal ouvert, conservez au réfrigérateur.

Par portion lipides 0,1 g ; 14 kcal

Assortiment de mezze. Dans le sens des aiguilles d'une montre en partant de la gauche : légumes marinés au vinaigre, mini-pizzas à l'agneau, triangles aux épinards, baba ganoush, taboulé, houmous et labné.

Mini-pizzas à l'agneau

Pour 20 pièces.

PRÉPARATION 30 MINUTES • REPOS 1 HEURE • CUISSON 10 MINUTES

150 g de farine
1 c. c. de levure déshydratée
1/2 c. c. de sel de Guérande
1 c. s. d'huile d'olive
125 ml d'eau chaude
huile

Garniture à l'agneau

100 g de viande d'agneau hachée
1 tomate moyenne finement concassée
1 c. c. de cumin en poudre
1 c. c. de coriandre en poudre
1 c. s. de coriandre fraîche finement ciselée
2 c. c. de pignons grillés grossièrement concassés

1 Passez au robot la farine, la levure, le sel, l'huile et l'eau jusqu'à obtention d'une boule de pâte. Mettez la pâte dans un saladier préalablement huilé et couvrez-la. Laissez reposer environ 1 heure, jusqu'à ce que la boule ait doublé de volume.

2 Pendant ce temps, préparez la garniture d'agneau. Préchauffez le four à 200-210 °C.

3 Pétrissez la pâte environ 5 minutes, sur un plan de travail fariné. Étendez-la au rouleau en abaisse de 2 mm d'épaisseur. Avec un emporte-pièce de 7 cm de diamètre, découpez 20 disques de pâte et étalez-les sur une plaque de cuisson huilée.

4 Répartissez la garniture sur les pizzas jusqu'au bord. Enfournez et laissez cuire 10 minutes à découvert.

Garniture à l'agneau Mélangez intimement tous les ingrédients dans un récipient.

Par pièce lipides 2,1 g ; 49 kcal

Triangles aux épinards

PRÉPARATION 45 MINUTES • CUISSON 15 MINUTES

400 g d'épinards nettoyés et finement ciselés
2 c. s. de sumac
2 oignons nouveaux émincés
1 c. s. de jus de citron
4 feuilles de pâte filo
un peu d'huile d'olive

1 Préchauffez le four à 160 °C. Graissez légèrement une plaque de cuisson.

2 Faites cuire les épinards dans une casserole avec un peu d'eau puis égouttez-les soigneusement. Pressez-les dans la paume de vos mains pour enlever le plus d'eau possible puis mettez-les dans un saladier avec le sumac, les oignons et le jus de citron.

3 Coupez chaque feuille de pâte en quatre bandes. Étalez une bande sur le plan de travail et réservez les autres dans un torchon humide pour éviter qu'elles ne se déssèchent.

4 Huilez légèrement la bande puis déposez une cuillerée d'épinards près d'un petit côté, à 5 mm du bord. Pliez un coin pour former un triangle puis continuez de plier ainsi la pâte sur la garniture. Placez le triangle sur la plaque de cuisson. Répétez l'opération avec le reste de pâte filo et d'épinards.

5 Badigeonnez légèrement d'huile les triangles avant de les faire cuire 10 minutes au four jusqu'à ce qu'ils soient bien dorés et croustillants. Servez aussitôt.

Labné

Pour 24 pièces.

PRÉPARATION 20 MINUTES • ÉGOUTTAGE 2 À 3 JOURS

840 g de yaourt à la grecque
3 c. c. de sel
60 ml d'huile d'olive

1 Mélangez le yaourt et le sel dans un saladier. Passez-le dans un tamis ou une passoire garnie d'étamine. Réunissez les coins de l'étamine, entortillez-les puis attachez-les avec de la ficelle de cuisine. Mettez dans un saladier au réfrigérateur, posez un poids dessus pour tasser le yaourt et laissez reposer 24 à 36 heures. Le yaourt va rendre la moitié de son poids en eau ; videz-la à intervalles réguliers.

2 Transférez le yaourt dans un récipient et retirez l'étamine. Roulez-le en boulettes de la valeur d'une cuillerée à soupe rase. Arrosez d'un filet d'huile.

Par portion lipides 4,7 g ; 63 kcal

L'ASTUCE DU CHEF

Le labné peut se garder 2 mois au réfrigérateur. Mettez-le dans un bocal, recouvrez-le d'huile d'olive et fermez bien le couvercle.

Houmous

Pour 800 g environ.

PRÉPARATION 10 MINUTES • CUISSON 15 MINUTES

500 ml d'eau
600 g de pois chiches en boîte rincés et égouttés
60 ml de jus de citron
80 ml de tahini (pâte de sésame)
3 gousses d'ail pilées
1 c. s. d'huile d'olive

1 Versez l'eau dans une casserole avec les pois chiches et portez à ébullition. Laissez bouillonner environ 10 minutes à découvert, jusqu'à ce que les pois chiches soient tendres. Égouttez-les et réservez 250 ml de liquide de cuisson.

2 Passez les pois chiches au robot ou au mixeur avec le liquide réservé, le jus de citron, l'huile, le tahini et l'ail jusqu'à obtention d'une pâte lisse.

3 Arrosez le houmous d'un filet d'huile d'olive.

Par portion lipides 16,3 g ; 195 kcal

Baba ghanoush

Pour 500 g environ.

PRÉPARATION 15 MINUTES • CUISSON 30 MINUTES

2 grosses aubergines
3 gousses d'ail pilées
2 c. s. de tahini
60 ml de jus de citron
2 c. s. d'huile d'olive
1/2 c. c. de paprika doux

1 Piquez les aubergines de toutes parts avec une fourchette ou une brochette. Mettez-les sur une plaque de cuisson huilée, sous le gril préchauffé, et laissez-les rôtir environ 30 minutes, jusqu'à ce que la peau ait noirci et que la chair soit tendre. Tournez-les à plusieurs reprises. Laissez reposer 15 minutes.

2 Pelez les aubergines et jetez la peau. Égouttez-les 10 minutes dans une passoire puis passez-les au robot ou au mixeur avec le jus de citron, l'huile d'olive et le paprika.

Par portion lipides 7,9 g ; 92 kcal

Taboulé

Pour 500 g environ.

PRÉPARATION 30 MINUTES • RÉFRIGÉRATION 1 HEURE

40 g de boulgour
3 tomates moyennes
2 bouquets de persil plat grossièrement ciselés
2 oignons verts émincés
30 g de menthe fraîche finement ciselée
60 ml de jus de citron
60 ml d'huile d'olive

1 Mettez le boulgour dans un petit saladier. Coupez les tomates en deux, évidez-les avec une petite cuiller au-dessus du boulgour. Concassez finement le reste de pulpe et étalez-la sur le boulgour de manière à le recouvrir complètement. Couvrez et laissez reposer 1 heure au réfrigérateur.

2 Transférez le boulgour dans un saladier, incorporez l'oignon, la menthe, le jus de citron et l'huile. Mélangez délicatement.

Par portion lipides 3,1 g ; 39 kcal

L'ASTUCE DU CHEF

Ciselez la menthe juste avant de mélanger le taboulé car elle noircit et se fane très vite

Papillotes de légumes et tapenade

Pour 6 personnes.

PRÉPARATION 30 MINUTES • CUISSON 30 MINUTES

Vous trouverez les feuilles de riz vietnamiennes dans les épiceries asiatiques. Il faut les humidifier pour les assouplir avant de les garnir.

60 ml d'huile d'olive

1 oignon rouge grossièrement émincé

3 petites aubergines coupées en deux dans la longueur et grossièrement émincées

2 courgettes moyennes coupées en deux dans la longueur et grossièrement émincées

200 g de champignons coupés en quatre

1 gousse d'ail pilée

2 c. s. de vinaigre balsamique

250 g de tomates cerises

6 tranches fines de pancetta

6 feuilles de riz de 22 cm de diamètre

150 g de fromage de chèvre coupé en 6 tranches

6 brins de persil plat frais

Tapenade

75 g d'olives noires dénoyautées

2 c. c. de petites câpres rincées et égouttées

3 filets d'anchois égouttés

2 c. s. de persil plat frais grossièrement ciselé

2 c. c. de jus de citron

60 ml d'huile d'olive

2 c. s. d'eau très chaude

1 Préchauffez le four à 240-250 °C. Réservez 1 cuillerée à café d'huile d'olive. Dans un grand plat à rôtir, mélangez l'oignon, l'aubergine, la courgette et les champignons avec le reste d'huile d'olive. Enfournez et laissez rôtir environ 15 minutes, en remuant de temps à autre, jusqu'à ce que les légumes soient légèrement grillés. Ajoutez l'ail, le vinaigre et les tomates puis mélangez le tout. Poursuivez la cuisson au four 10 minutes. Sortez le plat du four et laissez refroidir 10 minutes.

2 Pendant ce temps, préparez la tapenade.

3 Faites chauffer l'huile réservée dans une poêle et faites dorer la pancetta jusqu'à ce qu'elle soit croustillante des deux côtés. Égouttez sur du papier absorbant.

4 Trempez rapidement une feuille de riz dans un saladier d'eau tiède, le temps qu'elle s'assouplisse. Sortez-la délicatement et posez-la sur une planche recouverte d'un torchon. Déposez un sixième de garniture au légumes au centre de la feuille puis rabattez les bords en les faisant se chevaucher légèrement, de façon à former un carré. Placez cette papillote sur une plaque de cuisson tapissée de papier sulfurisé, la pliure en dessous, puis garnissez-la d'une tranche de fromage. Répétez l'opération avec les autres feuilles de riz et le reste de garniture et de fromage.

5 Faites cuire 2 minutes sous le gril préchauffé, jusqu'à ce que le fromage soit bien doré. Disposez les papillotes sur les assiettes de service, nappez-les de tapenade puis ajoutez le persil et la pancetta.

Tapenade Passez tous les ingrédients au robot ou au mixeur jusqu'à obtention d'une purée grossière.

Par portion lipides 24,9 g ; 298 kcal

L'ASTUCE DU CHEF

Vous pouvez préparer la tapenade trois jours à l'avance et la conserver au réfrigérateur.

Crêpes garnies au soufflé au fromage

Pour 6 personnes.

PRÉPARATION 20 MINUTES • REPOS 30 MINUTES • CUISSON 50 MINUTES

50 g de farine
1 œuf
1 jaune d'œuf
20 g de beurre fondu
125 ml de lait
1 gousse d'ail pilée
1 gros poivron rouge
1 gousse d'ail pilée
125 ml de crème fraîche

Soufflé au fromage

30 g de beurre
2 c. s. de farine
250 ml de lait
4 œufs, blancs et jaunes séparés
30 g de gruyère finement râpé
20 g de parmesan finement râpé
1/4 de piment de Cayenne

1 Versez la farine dans un récipient et creusez un puits au centre. Incorporez petit à petit l'œuf et le jaune d'œuf préalablement mélangés, le beurre et le lait ; passez la pâte dans un tamis fin. Incorporez l'ail, couvrez et laissez reposer 30 minutes.

2 Pendant ce temps, coupez le poivron en quatre, retirez les pépins et les membranes. Faites rôtir sous le gril préchauffé ou à four très chaud, la peau vers le haut, jusqu'à ce qu'elle noircisse. Enveloppez les morceaux de poivron dans un film alimentaire et laissez-les reposer 5 minutes puis pelez-les et coupez-les grossièrement. Passez-les au robot ou au mixeur avec l'ail et la crème jusqu'à obtention d'une pâte lisse. Transvasez dans une casserole et laissez reposer à température ambiante pendant que vous préparez le soufflé.

3 Faites chauffer une crêpière légèrement huilée. Versez environ 2 cuillerées à soupe de pâte à crêpes en inclinant la poêle pour bien répartir la pâte. Faites cuire à feu doux en détachant les bords avec une spatule, jusqu'à ce que la crêpe soit légèrement dorée, puis retournez-la et laissez-la dorer sur l'autre face. Retournez la crêpe sur une plaque. Répétez l'opération avec le reste de pâte. Vous devez obtenir six crêpes au total.

4 Préchauffez le four à 200-210 °C. Préparez la base du soufflé.

5 Graissez légèrement six moules à soufflé et posez-les sur une plaque de cuisson. Tapissez chaque moule d'une crêpe, en appliquant bien celle-ci sur le fond et contre la paroi. Répartissez la préparation à soufflé dans les moules. Enfournez et laissez cuire environ 20 minutes jusqu'à ce que les soufflés soient légèrement dorés. Sans perdre de temps, démoulez délicatement les soufflés sur les assiettes de service et retournez-les sur la base de crêpe. Nappez de sauce au poivron chaude. Servez immédiatement.

Soufflé au fromage Faites fondre le beurre dans une casserole et ajoutez la farine. Faites épaissir environ 1 minute sur le feu en remuant sans cesse puis versez progressivement le lait, sans cesser de remuer, et portez à ébullition. Laissez bouillir jusqu'à épaississement. Transférez dans un saladier et incorporez les jaunes d'œufs, le gruyère, le parmesan et le piment. Laissez tiédir 5 minutes. Pendant ce temps, montez les blancs d'œufs en neige ferme. Incorporez-les délicatement à la préparation au fromage, sans trop mélanger.

Par portion lipides 25,2 g ; 336 kcal

L'ASTUCE DU CHEF

Vous pouvez préparer les crêpes la veille et les conserver au réfrigérateur jusqu'au moment de l'emploi.

Laksa de courge et d'aubergine

Pour 6 personnes.

PRÉPARATION 45 MINUTES • CUISSON 20 MINUTES

Pour cette recette, achetez un bouquet de coriandre avec ses racines, que vous utiliserez dans la pâte laksa.

125 g de pâte laksa (voir ci-dessous)
700 g de courge coupée en cubes de 2 cm
5 mini-aubergines coupées en tranches épaisses
750 ml de bouillon de légumes
400 ml de lait de coco
250 g de nouilles de riz
500 g de bok choy émincé
2 c. s. de jus de citron vert
100 g de germes de soja
6 oignons verts émincés
30 g de feuilles de coriandre fraîche
30 g de feuilles de menthe vietnamienne fraîche

Pâte laksa

7 piments rouges séchés
125 ml d'eau bouillante
1 c. s. d'huile d'arachide
3 gousses d'ail coupées en quatre
1 oignon jaune moyen grossièrement émincé
1 morceau de gingembre frais de 4 cm râpé
1 c. s. de noix de macadamia coupées en deux
les racines d'un bouquet de coriandre, rincées et grossièrement hachées
1 c. c. de curcuma en poudre
1 c. c. de coriandre en poudre
2 c. s. de sel
20 g de feuilles de menthe vietnamienne fraîche

1 Préparez la pâte laksa. Réservez-en 125 g et congelez le reste pour un usage ultérieur.

2 Mettez la pâte laksa réservée dans une casserole et faites-la chauffer en remuant, jusqu'à ce qu'elle embaume. Ajoutez la courge et l'aubergine et laissez cuire 2 minutes sans cesser de remuer. Versez le bouillon et le lait de coco puis portez à ébullition. Baissez le feu et laissez mijoter 10 minutes à couvert, jusqu'à ce que les légumes soient tendres mais encore fermes.

3 Pendant ce temps, mettez les nouilles dans un récipient résistant à la chaleur, couvrez-les d'eau bouillante et laissez-les reposer jusqu'à ce qu'elles soient tendres. Égouttez.

4 Incorporez le bok choy au laksa et ramenez à ébullition. Ajoutez le jus de citron hors du feu. Répartissez les nouilles dans les bols de service, arrosez de laksa, parsemez des germes de soja, de l'oignon et des herbes.

Pâte laksa Faites tremper les piments 10 minutes dans l'eau bouillante puis passez-les au robot ou au mixeur avec tous les autres ingrédients, jusqu'à obtention d'une pâte lisse.

Par portion lipides 17,5 g ; 363 kcal

Minestrone alla milanese

Pour 6 personnes.

TREMPAGE 12 HEURES • PRÉPARATION 40 MINUTES • CUISSON 3 H 35

Il existe autant de versions du minestrone que de régions d'Italie. Cette recette est originaire de Milan, capitale de la Lombardie, au nord de l'Italie, où les hivers rigoureux semblent inspirer des nourritures roboratives. Le riz permet d'épaissir la soupe et le jarret apporte une agréable note fumée.

130 g de haricots borlotti secs
2 jarrets de porc
1 oignon jaune moyen grossièrement haché
3 branches de céleri grossièrement émincées
1 c. s. de grains de poivre noir
1 feuille de laurier
3 carottes moyennes grossièrement émincées
4 litres d'eau
1 c. s. d'huile d'olive
1 gros oignon blanc grossièrement haché
3 gousses d'ail pilées
4 petites tomates pelées grossièrement concassées
1 c. s. de concentré de tomate
2 pommes de terre moyennes coupées en cubes
1/2 petit chou grossièrement ciselé
2 courgettes moyennes coupées en cubes
100 g de riz arborio
20 g de persil plat frais finement ciselé
2 c. s. de basilic frais finement ciselé

1 Mettez les haricots dans un saladier, recouvrez-les d'eau et laissez tremper une nuit. Égouttez, rincez à l'eau froide et égouttez à nouveau.

2 Préchauffez le four à 220-230 °C. Faites cuire les jarrets et l'oignon 30 minutes sur une plaque de cuisson. Transférez-les dans une casserole avec un tiers du céleri, le poivre, le laurier, un tiers des carottes et l'eau puis portez à ébullition. Baissez le feu et laissez mijoter 2 heures à découvert. Passez le bouillon dans un tamis fin puis laissez-le refroidir à température avant de le mettre au réfrigérateur. Quand la graisse s'est figée en surface, retirez-la délicatement.

3 Faites chauffer l'huile dans une casserole et faites fondre l'oignon avec l'ail en remuant. Versez dessus le bouillon dégraissé puis ajoutez les haricots, la tomate, le concentré de tomate, le reste de céleri, la pomme de terre et le reste de carottes. Baissez le feu et laissez mijoter 40 minutes à découvert, jusqu'à ce que les haricots soient tendres mais encore fermes.

4 Ajoutez le chou, la courgette et le riz. Laissez mijoter environ 15 minutes à découvert, jusqu'à ce que le riz soit tendre mais encore ferme. Parsemez de persil et de basilic avant de servir.

Par portion lipides 3,6 g ; 189 kcal

L'ASTUCE DU CHEF

Vous pouvez remplacer le riz par des petites pâtes courtes (penette, conchigliette ou macaronis). Ajoutez-les en même temps que le chou et la courgette et faites-les cuire *al dente*.

Bouillabaisse

Pour 6 personnes.

PRÉPARATION 1 H 15 • CUISSON 40 MINUTES

700 g de grosses crevettes crues
2 petits crabes vivants (650 g)
10 petites tomates
1 c. s. d'huile d'olive
1 gousse d'ail pilée
1 gros oignon jaune grossièrement haché
1 poireau moyen grossièrement émincé
1 petit fenouil, non épluché, grossièrement émincé
1 piment rouge frais épépiné et grossièrement haché
1 feuille de laurier
1 pincée de stigmates de safran
1 zeste d'orange de 10 cm
1,5 litre d'eau
250 ml de vin blanc sec
750 g de filet de poisson blanc à chair ferme coupé en gros morceaux
500 g de petites moules
30 g de persil plat grossièrement ciselé
des croûtons de pain grillé

Aïoli

3 gousses d'ail coupées en quatre
2 jaunes d'œufs
2 c. s. de jus de citron
1/2 c. c. de moutarde de Dijon
160 ml d'huile d'olive

Rouille

1 poivron rouge moyen
1 piment rouge frais épépiné et finement haché
1 gousse d'ail coupée en quatre
70 g de chapelure
1 c. s. de jus de citron
60 ml d'huile d'olive

1 Décortiquez les crevettes en gardant l'extrémité de la queue et retirez la veine dorsale. Réservez les têtes et les carapaces. Mettez les queues dans un saladier.

2 Ébouillantez les crabes 2 minutes pour les tuer. Retirez toutes les pattes puis extrayez-en la chair. Videz les carapaces et mettez-les dans le saladier avec celles des crevettes. Retirez les branchies, coupez les corps des crabes en quatre et mettez-les dans le saladier avec les queues de crevettes.

3 Concassez grossièrement quatre tomates et réservez-les avec les carapaces des crabes et des crevettes.

4 Incisez en croix la base des autres tomates, placez-les dans un saladier et recouvrez-les d'eau bouillante. Laissez-les tremper 2 minutes, égouttez-les et pelez-les. Coupez-les en quatre, retirez-les pépins avec une petite cuillère et mettez-les avec les carapaces. Concassez finement la chair et réservez.

5 Faites chauffer l'huile dans une casserole. Ajoutez les carapaces avec les tomates en gros morceaux puis l'ail, l'oignon, le poireau, le fenouil, le piment, le laurier, le safran et le zeste d'orange. Laissez cuire 10 minutes en remuant régulièrement. Versez ensuite l'eau et le vin, couvrez et portez à ébullition. Baissez le feu et laissez mijoter 10 minutes. Retirez les carapaces des crabes.

6 Hachez ce mélange (y compris les carapaces de crevettes) au robot ou au mixeur. Procédez en plusieurs fois. À l'aide d'une cuiller en bois, passez ce bouillon dans un grand tamis au-dessus d'une casserole. Réservez-en un quart pour confectionner la rouille. (Jusqu'à ce stade, ce bouillon peut être préparé la veille et conservé au réfrigérateur.)

7 Préparez l'aïoli et la rouille.

8 Ajoutez la tomate finement concassée dans le bouillon puis portez à ébullition. Incorporez le poisson et les moules, ramenez à ébullition et laissez cuire 5 minutes à couvert. Ajoutez enfin les crevettes et les crabes et prolongez la cuisson pendant 5 minutes. Retirez du feu et incorporez le persil. Servez aussitôt avec les croûtons, l'aïoli et la rouille.

Aïoli Hachez l'ail au robot ou au mixeur avec les jaunes d'œufs, le jus de citron et la moutarde, jusqu'à obtention d'une pâte lisse. Continuez à mixer en incorporant l'huile petit à petit, en filet fin et régulier, jusqu'à ce que l'aïoli épaississe.

Rouille Coupez le poivron en quatre, retirez les pépins et les membranes. Faites griller sous le gril ou à four très chaud, la peau vers le haut, jusqu'à ce que celle-ci noircisse. Enveloppez les quartiers de poivron de plastique ou de papier et laissez reposer 5 minutes. Pelez et émincez grossièrement la chair. Passez celle-ci au robot ou au mixeur avec le piment, l'ail, la chapelure, le jus de citron et le bouillon réservé, jusqu'à obtention d'une pâte lisse. Continuez à mixer en incorporant l'huile petit à petit, en filet fin et régulier, jusqu'à ce que la rouille épaississe. Vous pouvez la préparer la veille et la conserver au réfrigérateur.

Par portion lipides 58,2 g ; 926 kcal

Plats mijotés

Ragoût de souris d'agneau et sa purée de pommes de terre

Pour 8 personnes.

PRÉPARATION 20 MINUTES • CUISSON 3 H 20

8 souris d'agneau
8 gousses d'ail coupées en deux
2 citrons
2 c. s. d'huile d'olive
3 gros oignons jaunes grossièrement hachés
500 ml de vin rouge
3 carottes moyennes coupées en quatre dans la longueur
3 branches de céleri grossièrement émincées
4 feuilles de laurier
8 brins de thym frais
1,75 litre de bouillon de volaille
30 g de persil frais finement ciselé
30 g de menthe fraîche finement ciselée
2 kg de pommes de terre coupées en morceaux
300 ml de crème fraîche
100 g de beurre

1 Entaillez en deux endroits la partie la plus charnue de chaque souris avec un couteau bien aiguisé et insérez une demi-gousse d'ail dans chaque incision.

2 Prélevez le zeste des deux citrons, rapez-le et réservez-le. Coupez les citrons en deux et frottez les souris de toutes parts avec la partie coupée. Préchauffez le four à 180-190 °C.

3 Faites chauffer l'huile dans une grande cocotte allant au four et faites revenir les souris, en plusieurs fois. Faites fondre l'oignon dans la cocotte, en remuant. Versez le vin, portez à ébullition puis retirez la cocotte du feu.

4 Disposez les carottes, le céleri et les souris en couches superposées sur le lit d'oignon. Terminez par les feuilles de laurier et le thym puis versez délicatement le bouillon. Couvrez, enfournez et laissez cuire environ 3 heures, jusqu'à ce que la viande soit tendre. (Jusqu'à ce stade, le plat peut être préparé la veille et conservé au réfrigérateur.)

5 Pendant ce temps, mélangez le zeste de citron, le persil et la menthe dans un récipient.

6 Faites cuire les pommes de terre à l'eau ou à la vapeur, jusqu'à ce qu'elles soient tendres ; égouttez-les. Réduisez-les en purée lisse, en incorporant la crème préalablement chauffée et le beurre. Réservez au chaud.

7 Transférez les souris dans un plat et couvrez. Passez le jus de cuisson au chinois dans une casserole moyenne ; jetez les éléments solides. Faites bouillir cette sauce à découvert, en remuant de temps à autre, jusqu'à ce qu'elle ait réduit de moitié.

8 Répartissez la purée puis les souris d'agneau dans les assiettes de service, parsemez des herbes mélangées et arrosez d'un filet de sauce. Accompagnez de haricots verts.

Par portion lipides 39,8 g ; 682 kcal

Dhansak au riz brun

Pour 8 personnes.

PRÉPARATION 1 H 15 • TREMPAGE 12 HEURES • CUISSON 1 H 40

Le dhansak, ragoût de viande et de lentilles, est un mélange de traditions culinaires persane et indienne. Il est toujours servi avec un « riz brun », en fait du riz blanc coloré avec de l'oignon caramélisé.

200 g de pois cassés jaunes
100 g de pois chiches secs
100 g de lentilles rouges
80 ml d'huile végétale
1 kg de viande d'agneau coupée en cubes
1 grosse aubergine coupée en morceaux
800 g de potiron coupé en morceaux
750 g de tomates pelées et grossièrement concassées
1 kg d'oignons jaunes moyens émincés

Garam masala

1 c. s. de coriandre en poudre
2 c. c. de cumin en poudre
2 c. c. de curcuma en poudre
1/2 c. c. de cannelle en poudre
1/2 c. c. de cardamome en poudre
1/2 c. c. de graines de moutarde noire
1/4 c. c. de clou de girofle en poudre

Pâte masala

6 petits piments rouges séchés
6 piments verts longs épépinés
1 morceau de gingembre frais de 4 cm grossièrement haché
6 gousses d'ail coupées en quatre
30 g de feuilles de menthe fraîche
30 g de feuilles de coriandre fraîche
60 ml d'eau chaude

Riz brun

500 g de riz basmati
1,25 litre d'eau
2 c. s. d'huile végétale
20 g de beurre
4 oignons jaunes moyens émincés

1 Mettez les pois cassés et les pois chiches dans un saladier, recouvrez-les d'eau et laissez tremper une nuit. Égouttez, rincez à l'eau froide et égouttez à nouveau. Transférez les pois cassés, les pois chiches et les lentilles dans une casserole d'eau bouillante puis ramenez à ébullition. Baissez le feu et laissez mijoter environ 40 minutes à découvert, jusqu'à ce que les pois chiches soient tendres.

2 Pendant ce temps, préparez le garam masala et la pâte masala. Faites chauffer la moitié de l'huile dans une grande poêle et faites revenir l'agneau de toutes parts, en plusieurs fois. Réservez.

3 Égouttez les pois au-dessus d'un saladier. Gardez 1 litre d'eau de cuisson dans la casserole et jetez le reste. Réservez les pois et les lentilles.

4 Mettez l'aubergine, le potiron, la tomate et environ un tiers de l'oignon dans la casserole avec l'eau de cuisson des pois, couvrez et portez à ébullition. Baissez le feu et laissez mijoter le dhansak 10 minutes à couvert, en remuant à plusieurs reprises. Égouttez au tamis au-dessus d'un saladier. Réservez 2 tasses du jus de cuisson et jetez le reste.

5 Mélangez la moitié des pois et la moitié des légumes dans un saladier. Réduisez-les en purée lisse.

6 Faites réchauffer la casserole et faites sauter le garam masala et la pâte masala, en remuant, jusqu'à ce qu'ils embaument. Ajoutez la purée, les pois et les légumes puis l'agneau et le jus de cuisson réservé. Portez à ébullition. Baissez le feu et laissez mijoter 45 minutes à découvert, en remuant de temps à autre. Cette préparation peut être réalisée la veille et conservée une nuit au réfrigérateur ou congelée.

7 Pendant ce temps, préparez le riz brun.

8 Faites chauffer le reste d'huile dans une casserole et faites revenir le reste d'oignon 15 minutes en remuant, jusqu'à ce qu'il soit tendre et légèrement caramélisé. Parsemez-en le dhansak et servez-le accompagné du riz et de quartiers de citrons.

Garam masala Mélangez tous les ingrédients dans un récipient.

Pâte masala Passez les ingrédients au robot ou au mixeur, jusqu'à obtention d'une pâte lisse.

Riz brun Rincez le riz à l'eau froide dans une passoire, jusqu'à ce que l'eau soit limpide. Faites chauffer l'huile et le beurre dans une casserole et faites cuire l'oignon environ 15 minutes, en remuant, jusqu'à ce qu'il soit tendre et légèrement caramélisé. Versez l'eau avec précaution et portez à ébullition. Ajoutez le riz et ramenez à ébullition. Baissez le feu et laissez mijoter environ 10 minutes à demi couvert, jusqu'à ce que des petits cratères se forment à la surface. Couvrez de façon hermétique et baissez le feu au maximum. Laissez cuire 10 minutes à l'étuvée (sans retirer le couvercle). Ôtez du feu et laissez reposer 10 minutes, toujours sans retirer le couvercle. Aérez le riz à la fourchette avant de le servir.

Par portion lipides 37,4 g ; 873 kcal

Tajine de poulet aux olives et au citron confit

Pour 8 personnes.

PRÉPARATION 30 MINUTES • TREMPAGE 12 HEURES • CUISSON 2 H 50

200 g de pois chiches secs
2 c. s. de farine
2 c. c. de paprika fort
8 cuisses de poulet coupées en deux
40 g de beurre
2 oignons rouges moyens émincés
3 gousses d'ail pilées
1 c. c. de graines de cumin
1/2 c. c. de curcuma en poudre
1/2 c. c. de coriandre en poudre
1/4 c. c. de stigmates de safran
1 c. c. d'éclats de piment séché
1 c. c. de gingembre en poudre
750 ml de bouillon de volaille
1 citron confit en saumure coupé en fines lanières
40 g d'olives vertes dénoyautées
2 c. s. de coriandre fraîche finement ciselée

Riz à la tunisienne

600 g de riz long grain
20 g de beurre
1,50 litre d'eau

1 Mettez les pois chiches dans un saladier, recouvrez-les d'eau et laissez tremper une nuit. Égouttez, rincez à l'eau froide et égouttez à nouveau. Transférez les pois chiches dans une casserole d'eau bouillante et ramenez à ébullition. Baissez le feu et laissez mijoter environ 40 minutes à découvert, jusqu'à ce que les pois soient tendres.

2 Préchauffez le four à 160-170 °C.

3 Mélangez la farine et le paprika puis saupoudrez-en uniformément les morceaux de poulet.

4 Faites fondre le beurre dans une casserole puis faites dorer le poulet de toutes parts. Retirez la viande de la casserole et mettez-la dans un plat à tajine (si vous n'en possédez pas, vous pouvez préparer cette recette dans une cocotte en fonte). Faites revenir l'oignon dans la casserole en remuant puis ajoutez l'ail, le cumin, le curcuma, la coriandre, le safran, le piment et le gingembre. Laissez cuire jusqu'à ce que le mélange embaume. Mettez ce mélange dans le plat à tajine et remuez bien pour en enrober les morceaux de poulet puis versez le bouillon. Couvrez puis faites cuire le tajine 30 minutes au four. Ajoutez les pois chiches et continuez la cuisson 1 heure au four.

5 Pendant que le tajine cuit, préparez le riz à la tunisienne.

6 Sortez le tajine du four. Incorporez le citron confit, les olives et la coriandre juste avant de servir.

Riz à la tunisienne Rincez le riz à l'eau froide dans une passoire, jusqu'à ce que l'eau soit limpide. Faites fondre le beurre dans une casserole, ajoutez le riz et remuez jusqu'à ce qu'il soit enrobé de beurre. Versez l'eau et portez à ébullition. Baissez le feu et laissez le riz environ 10 minutes, à demi couvert, jusqu'à ce que des cratères se forment à la surface. Couvrez de façon hermétique et baissez le feu au maximum. Laissez cuire 10 minutes à l'étuvée (sans retirer le couvercle). Retirez la casserole du feu et laissez reposer 10 minutes, toujours avec le couvercle. Aérez le riz à la fourchette avant de le servir.

Par portion lipides 35,5 g ; 807 kcal

Bœuf bourguignon

Pour 6 personnes.

PRÉPARATION 30 MINUTES • CUISSON 2 H 30

350 g d'échalotes
2 c. s. d'huile d'olive
2 kg de bœuf à braiser coupé en morceaux
30 g de beurre
4 tranches de bacon sans la couenne, grossièrement émincées
400 g de champignons de Paris coupés en deux
2 gousses d'ail pilées
35 g de farine
310 ml de bouillon de bœuf
625 ml de vin rouge
2 feuilles de laurier
2 brins de thym frais
30 g de persil plat grossièrement ciselé

1 Épluchez les échalotes en gardant la base de façon à ce qu'elles restent entières à la cuisson.

2 Faites chauffer l'huile dans une cocotte allant au four et faites revenir le bœuf de toutes parts, en plusieurs fois. Réservez dans un plat.

3 Faites chauffer le beurre dans la cocotte, ajoutez les échalotes, le bacon, les champignons et l'ail et remuez jusqu'à ce que les échalotes soient légèrement dorées.

4 Farinez puis continuez la cuisson en remuant jusqu'à ce que la préparation bouillonne et épaississe. Mouillez avec le bouillon et le vin puis continuez à remuer à feu moyen pour que la sauce épaississe. Remettez le bœuf dans la cocotte, ajoutez le thym et le laurier puis portez à ébullition. Baissez le feu et laissez mijoter environ 2 heures à couvert, en remuant toutes les 30 minutes, jusqu'à ce que le bœuf soit tendre. (Cette préparation peut être réalisée la veille et conservée une nuit au réfrigérateur.)

5 Incorporez le persil et retirez les feuilles de laurier avant de servir.

Par portion lipides 38,3 g ; 663 kcal

Coquelets braisés et petits pois à la laitue

Pour 6 personnes.

PRÉPARATION 30 MINUTES • CUISSON 1 HEURE

3 coquelets de 500 g
1 poireau moyen
2 feuilles de laurier
1 brin de thym frais
1 brin de romarin frais
4 brins de persil plat frais
100 g de beurre
2 gousses d'ail pilées
1 gros oignon jaune émincé
8 tranches de bacon grossièrement coupées
35 g de farine
375 ml de vin blanc sec
750 ml de bouillon de volaille
1,5 kg de pommes de terre coupées en morceaux
180 ml de lait
500 g de petits pois surgelés
1 grosse laitue beurre émincée
30 g de menthe fraîche grossièrement ciselée

1 Coupez chaque coquelet le long de la colonne vertébrale, jetez celle-ci puis coupez les coquelets en deux.

2 Coupez le poireau en deux, émincez finement le blanc et réservez-le. Composez un bouquet garni avec le vert de poireau, le thym, le laurier et le persil.

3 Faites chauffer le beurre dans une sauteuse et faites revenir les coquelets des deux côtés. Procédez en plusieurs fois. Faites cuire le blanc de poireau, l'ail, l'oignon et le bacon dans la sauteuse environ 10 minutes, en remuant, jusqu'à ce que l'oignon soit tendre. Ajoutez la farine et continuez la cuisson 2 minutes, en remuant. Mouillez petit à petit avec le vin et le bouillon. Portez à ébullition et remuez en permanence jusqu'à ce que la préparation bouillonne et épaississe. Remettez les coquelets dans la sauteuse avec le bouquet garni et baissez le feu. Laissez mijoter 30 minutes à couvert. (Cette préparation peut être réalisée la veille et conservée une nuit au réfrigérateur.)

4 Pendant ce temps, faites cuire les pommes de terre à l'eau ou à la vapeur jusqu'à ce qu'elles soient tendres puis égouttez-les. Réduisez-les en purée lisse, en incorporant le lait préalablement chauffé et le beurre. Réservez au chaud.

5 Retirez le bouquet garni. Ajoutez les petits pois, la laitue et la menthe dans la sauteuse. Laissez mijoter environ 5 minutes à découvert, jusqu'à ce que les petits pois soient tendres. Répartissez la purée dans les assiettes de service puis les légumes et les coquelets.

Par portion lipides 42,5 g ; 787 kcal

L'ASTUCE DU CHEF

Vous pouvez remplacer les coquelets par des cailles, des pigeons ou des découpes de poulet. Adaptez les temps de cuisson en fonction de la taille des oiseaux.

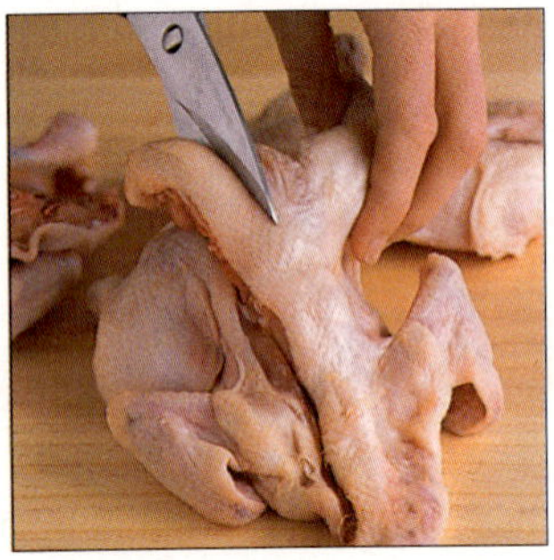

Retirez la colonne vertébrale des coquelets avec un sécateur à volaille.

Coupez le poireau en deux et émincez le blanc.

Liez le bouquet garni avec de la ficelle de cuisine.

Daube de poulpes

Pour 6 personnes.

PRÉPARATION 15 MINUTES • CUISSON 1 H 45

Demandez à votre poissonnier de nettoyer les poulpes et de retirer les becs.

80 ml d'huile d'olive
600 g d'oignons grelots
4 gousses d'ail pilées
1,5 kg de petits poulpes coupés en deux
375 ml de vin rouge
95 g de concentré de tomate
80 ml de vinaigre de vin rouge
650 g de tomates pelées, épépinées et grossièrement concassées
2 feuilles de laurier
1 piment rouge frais finement haché
10 filets d'anchois égouttés et grossièrement hachés
40 g d'origan frais finement ciselé
1 bouquet de persil plat grossièrement ciselé

1 Faites chauffer l'huile dans une casserole et faites fondre l'oignon avec l'ail, en remuant. Ajoutez les poulpes et remuez jusqu'à ce qu'ils commencent à changer de couleur.

2 Versez le vin et laissez frémir 5 minutes en remuant, jusqu'à ce que le liquide ait réduit d'un tiers. Ajoutez le concentré de tomate, le vinaigre, la tomate, le laurier, le piment et les anchois puis portez à ébullition. Baissez le feu et laissez mijoter 1 heure à couvert. Découvrez et laissez encore mijoter environ 30 minutes, jusqu'à ce que la sauce ait épaissi et que les poulpes soient tendres.

3 Incorporez l'origan et le persil hors du feu. Servez accompagné de tranches de pain de campagne grillé.

Par portion lipides 17,5 g ; 512 kcal

Porc au curry thaï

Pour 6 personnes.

PRÉPARATION 30 MINUTES • MARINADE 3 HEURES • CUISSON 1 H 30

Achetez de la coriandre fraîche avec ses racines que vous utiliserez pour la pâte de curry. Celle-ci se conserve 1 semaine au réfrigérateur.

680 ml de lait de coco
830 ml d'eau
1,5 kg d'épaule de porc dégraissée, coupée en cubes de 2 cm
410 ml de crème de coco
65 g de sucre de palme ou de cassonade
60 ml de nuoc-mâm
6 feuilles de kaffir finement ciselées
190 g de pousses de bambou émincées en conserve, égouttées
40 g de basilic thaï frais grossièrement ciselé
40 g de coriandre fraîche grossièrement ciselée
2 piments rouges épépinés et émincés

Haricots marinés

350 g de haricots verts
250 ml d'eau
250 ml de vinaigre de vin blanc
1 c. s. de vinaigre de malt
220 g de sucre
2 c. s. de sel

Pâte de curry rouge

6 piments rouges frais
2 c. c. de racines de coriandre grossièrement hachées
2 c. s. de galanga frais finement haché (ou de gingembre)
1 tige de citronnelle fraîche de 10 cm finement ciselée
2 échalotes rouges grossièrement émincées
3 gousses d'ail coupées en quatre
60 ml d'eau
75 g de cacahuètes nature grillées

1 Préparez les haricots au vinaigre. (Vous pouvez les préparer la veille et les conserver une nuit au réfrigérateur.)

2 Préparez la pâte de curry. Réservez-en un tiers pour cette recette et mettez le reste au réfrigérateur.

3 Mélangez la moitié du lait de coco et l'eau dans une casserole puis portez à ébullition. Ajoutez le porc et ramenez à ébullition. Baissez le feu et laissez mijoter environ 1 heure à découvert, jusqu'à ce que la viande soit tendre. Retirez la casserole du feu et laissez refroidir le porc 30 minutes dans son jus de cuisson.

4 Faites chauffer la crème de coco dans une casserole pendant 10 minutes puis ajoutez la pâte de curry sans cesser de remuer. Laissez cuire encore 10 minutes puis incorporez le sucre et le nuoc-mâm. Après dissolution du sucre, ajoutez 250 ml de jus de cuisson du porc (jetez le reste). Incorporez le reste de lait de coco, les feuilles de kaffir, les pousses de bambou et le porc égoutté. Laissez mijoter à découvert jusqu'à ce que le tout soit bien chaud.

5 Incorporez le basilic et la coriandre hors du feu, juste avant de servir, et parsemez de piment émincé. Servez avec les haricots marinés et du riz au jasmin.

Haricots marinés Coupez les haricots en tronçons de 5 cm et mettez-les dans un récipient résistant à la chaleur. Mélangez l'eau, les vinaigres, le sucre et le sel dans une casserole et faites chauffer le tout en remuant, jusqu'à dissolution du sucre. Portez à ébullition et retirez immédiatement la casserole du feu ; laissez refroidir 10 minutes puis versez sur les haricots. Laissez mariner au moins 3 heures au réfrigérateur avant de servir.

Pâte de curry rouge Passez au robot ou au mixeur le piment, la racine de coriandre, la citronnelle, l'échalote, l'ail et l'eau jusqu'à obtention d'une pâte lisse. Ajoutez les cacahuètes et redonnez quelques impulsions, juste pour les mélanger à la pâte.

Par portion lipides 42, 5 g ; 778 kcal

Risotto au poulet

Pour 6 personnes.

PRÉPARATION 40 MINUTES • CUISSON 3 H 30

3 litres d'eau
1 kg d'os de poulets
1 grosse carotte grossièrement émincée
1 branche de céleri grossièrement émincée
1 petit oignon jaune grossièrement haché
1 feuille de laurier
2 brins de persil plat frais
1 c. c. de grains de poivre noir
500 ml de vin blanc sec
1 c. s. d'huile d'olive
20 g de beurre
2 oignons jaunes moyens émincés
1 gros fenouil émincé
600 g de riz arborio
2 gousses d'ail pilées
80 g de parmesan grossièrement râpé
2 c. s. d'estragon frais finement ciselé

Boulettes de poulet

2 c. s. d'huile d'olive
1 poireau moyen émincé
500 g de viande de poulet hachée
1 œuf
1 gousse d'ail pilée
50 g de chapelure
1 c. s. d'estragon frais finement ciselé

1 Versez l'eau dans une casserole et mettez-y les os de poulet, la carotte, le céleri, l'oignon, le laurier, le persil et le poivre ; portez à ébullition. Baissez le feu et laissez mijoter 2 h 30 à découvert. Filtrez le bouillon. Jetez les os et les aromates. (Le bouillon peut être préparé la veille et conservé une nuit au réfrigérateur.) Transvasez le bouillon dans une casserole, ajoutez le vin et portez à ébullition. Baissez le feu et laissez mijoter à couvert.

2 Faites chauffer l'huile et le beurre dans une casserole et faites cuire l'oignon émincé et le fenouil environ 15 minutes à feu doux, en remuant, jusqu'à ce qu'ils soient tendres et légèrement dorés.

3 Pendant ce temps, préparez les boulettes de poulet.

4 Ajoutez le riz et l'ail dans la casserole et remuez pour les enrober. Versez une louche de bouillon chaud et poursuivez la cuisson à feu doux sans cesser de remuer. Quand tout le liquide est absorbé, versez à nouveau une louche de bouillon chaud. Répétez l'opération jusqu'à ce qu'il ne reste plus de bouillon. Le risotto cuit en 35 minutes environ et il doit être crémeux mais encore un peu ferme. Ajoutez les boulettes de poulet, le parmesan et la moitié de l'estragon. Mélangez délicatement. Servez le risotto parsemé du reste d'estragon.

Boulettes de poulet Faites chauffer la moitié de l'huile dans une grande poêle et faites fondre le poireau environ 5 minutes, en remuant. Transvasez le poireau dans un saladier, ajoutez les autres ingrédients et mélangez le tout à la main. Formez des boulettes de la valeur d'une cuillerée à soupe rase. Faites chauffer le reste d'huile dans la poêle et faites sauter les boulettes jusqu'à ce qu'elles soient cuites et bien dorées.

Par portion lipides 24,8 g ; 763 kcal

Tajine de légumes et couscous aux amandes

Pour 6 personnes.

PRÉPARATION 30 MINUTES • CUISSON 30 MINUTES

20 g de beurre
1 c. s. d'huile d'olive
2 oignons jaunes moyens grossièrement hachés
2 gousses d'ail pilées
1 morceau de gingembre de 4 cm râpé
2 c. c. de cumin en poudre
2 c. c. de coriandre en poudre
2 c. c. de zeste de citron finement râpé
1 kg de potiron coupé en morceaux
400 g de tomates concassées en conserve
500 ml de bouillon de légumes
400 g de haricots verts coupés en tronçons de 5 cm
55 g de raisins secs
1 c. s. de miel
30 g de persil plat frais finement ciselé
30 g de menthe fraîche finement ciselée

Couscous aux amandes

500 ml de bouillon de légumes
250 ml d'eau
600 g de semoule
70 g d'amandes effilées grillées
1 c. s. de harissa

1 Faites chauffer le beurre et l'huile dans une casserole et faites fondre l'oignon et l'ail 5 minutes, en remuant. Ajoutez le gingembre, le cumin, la coriandre et le zeste de citron. Poursuivez la cuisson jusqu'à ce qu'ils embaument. Ajoutez le potiron, les tomates avec leur jus et le bouillon puis portez à ébullition. Baissez le feu et laissez mijoter environ 15 minutes à couvert, jusqu'à ce que le potiron soit tendre mais encore ferme.

2 Pendant ce temps, préparez le couscous aux amandes.

3 Mettez les haricots dans le tajine et poursuivez la cuisson 5 minutes, en remuant. Incorporez les raisins et les herbes hors du feu, juste avant de servir. Accompagnez le tajine du couscous.

Couscous aux amandes Portez le bouillon et l'eau à ébullition dans une casserole puis retirez celle-ci du feu. Versez la semoule, couvrez et laissez reposer environ 3 minutes, jusqu'à absorption complète du liquide ; aérez la graine à la fourchette à plusieurs reprises. Incorporez les amandes et la harissa. Mélangez délicatement le tout.

Par portion lipides 14,4 g ; 637 kcal

Ragoût de bœuf au raifort et purée de kumaras

Pour 6 personnes.

PRÉPARATION 40 MINUTES • CUISSON 3 H 30

2 c. s. d'huile d'olive
1,5 kg de macreuse coupée en cubes de 1,5 cm
3 oignons jaunes moyens coupés en quartiers
3 gousses d'ail pilées
1 morceau de gingembre frais de 8 cm râpé
2 c. c. de curry en poudre
35 g de farine
750 ml de bouillon de bœuf
1 c. s. de sauce Worcestershire
2 c. s. de crème de raifort
30 g de persil plat frais grossièrement ciselé

Purée de kumaras

1 kg de kumaras (patate douce à chair orangée) coupés en morceaux
500 g de pommes de terre coupées en morceaux
180 ml de crème fraîche
50 g de beurre

1 Préchauffez le four à 120 °C.

2 Faites chauffer l'huile dans une cocotte allant au four et faites revenir le bœuf en plusieurs fois puis réservez. Faites cuire l'oignon, l'ail et le gingembre dans la cocotte environ 5 minutes, en remuant, jusqu'à ce que l'oignon soit tendre. Ajoutez le curry et la farine. Poursuivez la cuisson 5 minutes, en remuant toujours.

3 Remettez le bœuf dans la cocotte avec le bouillon et la sauce Worcestershire. Continuez à remuer jusqu'à ce que la sauce bouillonne et épaississe. Couvrez hermétiquement, enfournez et laissez cuire 3 heures, en remuant de temps à autre. (Jusqu'à ce stade, le plat peut être préparé la veille et conservé au réfrigérateur.)

4 Pendant ce temps, préparez la purée de kumaras.

5 Incorporez la crème de raifort et le persil dans le ragoût hors du feu, juste avant de servir. Accompagnez de purée de kumaras.

Purée de kumaras Faites cuire les kumaras et les pommes de terre séparément, à l'eau ou à la vapeur, jusqu'à ce qu'elles soient tendres. Égouttez-les puis réduisez-les en purée lisse, en incorporant la crème préalablement chauffée et le beurre. Réservez au chaud.

Par portion lipides 40,4 g ; 752 kcal

Osso buco

Pour 6 personnes.

PRÉPARATION 45 MINUTES • CUISSON 2 H 35

12 tranches épaisses de jarret de veau (2,5 kg)
35 g de farine
60 ml d'huile d'olive
40 g de beurre
1 oignon jaune moyen grossièrement haché
2 gousses d'ail pilées
3 branches de céleri grossièrement émincées
2 grosses carottes grossièrement émincées
4 tomates grossièrement concassées
2 c. s. de concentré de tomate
250 ml de vin blanc sec
250 ml de bouillon de bœuf
400 g de tomates concassées en conserve
3 brins de thym frais
30 g de persil plat frais grossièrement ciselé

Gremolata

1 c. s. de zeste de citron finement râpé
40 g de persil plat frais finement ciselé
2 gousses d'ail finement hachées

1 Farinez les morceaux de veau. Faites chauffer l'huile dans une grande cocotte et faites revenir la viande en plusieurs tournées. Retirez-la de la cocotte.

2 Faites fondre le beurre dans la cocotte et faites revenir l'oignon, l'ail, le céleri et la carotte en remuant, jusqu'à ce que l'oignon soit tendre. Ajoutez la tomate, le concentré de tomate, le vin, le bouillon, les tomates en conserve avec leur jus, le thym et le persil.

3 Remettez la viande dans la cocotte puis portez à ébullition. Couvrez, baissez le feu et laissez mijoter 1 h 45. Découvrez et continuez la cuisson 30 minutes. (Jusqu'à ce stade, le plat peut être préparé la veille et conservé au réfrigérateur.)

4 Pendant ce temps, préparez la gremolata.

5 Retirez la viande du plat et couvrez-la pour qu'elle reste chaude. Portez la sauce à ébullition et laissez bouillonner environ 10 minutes à découvert, jusqu'à ce que la sauce ait légèrement épaissi.

6 Répartissez les tranches de veau dans les assiettes de service, nappez de sauce et parsemez de gremolata. Servez l'osso buco accompagné de purée de pommes de terre ou de polenta, à votre convenance.

Gremolata Mélangez tous les ingrédients dans un récipient, couvrez de film alimentaire et réservez au réfrigérateur.

Par portion lipides 18,9 g ; 502 kcal

Pour fariner la viande uniformément, mettez-la dans un sac alimentaire avec la farine et agitez bien.

La cocotte doit être assez grande pour contenir toutes les tranches de veau en une seule couche.

L'ail, le zeste de citron et le persil doivent être hachés exactement à la même taille.

Poitrine de porc rôtie aux épices

Pour 6 personnes.

PRÉPARATION 10 MINUTES • MARINADE 3 HEURES • CUISSON 1 H 25

1 kg de poitrine de porc désossée avec la couenne
125 ml de vin chinois
60 ml de sauce de soja
1 c. s. de concentré de tamarin
2 c. s. de miel
1/2 c. c. d'huile de sésame
1 morceau de gingembre frais de 4 cm finement haché
3 gousses d'ail pilées
2 c. c. de cinq-épices
1 étoile de badiane
1 piment rouge séché
1 c. c. de poivre du Sichuan
750 ml d'eau
900 g de mini-bok choy coupés en deux dans la longueur

1 Plongez le porc dans une casserole d'eau bouillante et ramenez à ébullition. Baissez le feu et laissez mijoter 40 minutes à découvert, jusqu'à ce que la viande soit cuite à cœur. Égouttez.

2 Pendant ce temps, mélangez le vin, la sauce de soja, le tamarin, le miel, l'huile, le gingembre, l'ail, le cinq-épices, la badiane, le piment, le poivre et l'eau dans un saladier. Ajoutez le porc et enrobez-le de marinade. Couvrez et laissez mariner 3 heures au réfrigérateur.

3 Préchauffez le four à 220-230 °C.

4 Posez le porc, la peau vers le haut, sur une grille au-dessus d'un grand plat à rôtir ; réservez la marinade. Versez de l'eau dans le plat jusqu'à mi-hauteur. Enfournez et laissez rôtir environ 30 minutes ; la viande doit être bien dorée.

5 Pendant ce temps, passez la marinade au tamis dans une casserole et portez à ébullition. Laissez bouillonner 20 minutes à découvert, jusqu'à ce que sauce réduise à la valeur d'une tasse. Faites cuire les bok choy à l'eau ou à la vapeur, jusqu'à ce qu'ils soient tendres mais encore croquants. Égouttez.

6 Servez le porc accompagné de la sauce, des bok choy et de riz au jasmin, à votre convenance.

Par portion lipides 34,2 g ; 486 kcal

Agneau à l'indienne et pilaf au citron

Pour 6 personnes.

PRÉPARATION 25 MINUTES • MARINADE 12 HEURES • CUISSON 2 H 35

2 c. c. de graines de coriandre
1 c. c. de graines de cumin
5 gousses de cardamome légèrement écrasées
1 c. c. de piment en poudre
1 c. c. de curcuma en poudre
1 tuyau de cannelle
2 clous de girofle
2 étoiles de badiane
1 oignon jaune moyen grossièrement haché
4 gousses d'ail
1 morceau de gingembre frais de 2 cm finement râpé
40 g d'amandes mondées
140 g de yaourt
2 c. s. de jus de citron
1 gigot de 2 kg paré

Pilaf au citron

1 c. s. d'huile végétale
5 gousses de cardamome légèrement écrasées
4 clous de girofle
1 bâton de cannelle
1/4 c. c. de stigmates de safran
400 g de riz long grain
750 ml d'eau bouillante
80 ml de jus de citron
1 c. s. de sucre
20 g de beurre
2 c. c. de zeste de citron finement râpé
2 c. s. d'amandes effilées grillées

1 Faites griller à sec les graines de coriandre et de cumin, la cardamome, le piment, le curcuma, la cannelle, les clous de girofle et la badiane dans une petite poêle préchauffée ; remuez 2 minutes, jusqu'à ce que les épices embaument. Passez-les au robot ou au mixeur avec l'oignon, l'ail, le gingembre, les amandes, le yaourt et le jus de citron, jusqu'à obtention d'une pâte.

2 Incisez le gigot de toutes parts avec un couteau bien aiguisé et posez-le sur une grille dans un grand plat à rôtir. Frottez-le de la pâte d'épices en la faisant bien pénétrer dans les incisions. Couvrez et laissez mariner une nuit au réfrigérateur. (Le gigot peut être préparé 2 jours à l'avance et conservé au réfrigérateur.)

3 Préchauffez le four à 200-210 °C. Sortez le gigot du réfrigérateur ; versez assez d'eau dans le plat pour en couvrir le fond et couvrez de papier d'aluminium. Enfournez et laissez cuire 30 minutes. Baissez la température du four à 140-150 °C et continuez la cuisson 1 h 30, toujours à couvert. Découvrez le gigot et laissez-le rôtir encore 30 minutes, ou jusqu'à ce que qu'il soit cuit à votre goût.

4 Pendant ce temps, préparez le pilaf au citron.

5 Couvrez le gigot et laissez-le reposer 10 minutes avant de le découper. Servez-le accompagné de riz pilaf et de yaourt additionné de coriandre fraîche ciselée.

Pilaf au citron Faites chauffer l'huile dans une casserole et faites revenir les épices environ 1 minute en remuant, jusqu'à ce qu'elles embaument. Ajoutez le riz et remuez bien puis versez l'eau, le jus de citron et le sucre. Portez à ébullition. Baissez le feu et laissez mijoter le riz environ 10 minutes, à demi couvert, jusqu'à ce que des cratères se forment à la surface. Baissez le feu au maximum et couvrez hermétiquement. Laissez cuire 10 minutes à l'étuvée (sans retirer le couvercle). Retirez la casserole du feu et laissez reposer 10 minutes, toujours avec le couvercle. Aérez le riz à la fourchette. Incorporez le beurre, le zeste de citron et les amandes avant de servir.

Par portion lipides 25,9 g ; 719 kcal

Canard farci aux pistaches et salade chaude de pommes de terre

Pour 6 personnes.

PRÉPARATION 1 H 10 • CUISSON 1 HEURE

200 g de viande de porc hachée
200 g de viande de poulet hachée
150 g de foies de volailles finement hachés
70 g de chapelure
2 c. s. de sauge fraîche grossièrement ciselée
30 g de persil plat finement ciselé
75 g de pistaches nature
1 c. c. de baies de genièvre grossièrement concassées
2 œufs légèrement battus
1 canard désossé
2 c. c. de sel de Guérande
500 g de haricots verts

Salade chaude de pommes de terre

1,5 kg de Belle de Fontenay
60 ml d'huile d'olive
1 oignon jaune moyen finement haché
2 tranches de bacon émincées
125 ml de vin blanc sec
375 ml de bouillon de volaille
30 g de persil plat finement ciselé

1 Mélangez à la main, dans un saladier, les viandes et les foies hachés, la chapelure, la sauge, le persil, les pistaches, le genièvre, le cinq-épices et les œufs. Préchauffez le four à 180-190 °C.

2 Placez le canard sur une planche, sur la peau. Déposez la farce au centre, sur la longueur du canard. Repliez un côté long du canard sur la farce et rabattez l'autre de façon à ce qu'ils se chevauchent. Maintenez avec des brochettes puis liez le canard avec de la ficelle de cuisine passée entre les brochettes. Transférez-le dans un plat à rôtir préalablement huilé. Huilez-le de toutes parts et salez-le. Faites cuire 1 heure à four moyen. Couvrez et laissez reposer 15 minutes avant de découper. Retirez les brochettes et la ficelle.

3 Pendant ce temps, préparez la salade de pommes de terre.

4 Faites cuire les haricots à l'eau ou à la vapeur.

5 Répartissez les haricots et la salade dans les assiettes de service et couronnez le tout de tranches de canard farci.

Salade chaude de pommes de terre Faites cuire les pommes de terre dans leur peau, à l'eau ou à la vapeur, jusqu'à ce qu'elles soient tendres. Rincez-les à l'eau froide puis épluchez-les. Mélangez-les avec 2 cuillerées à soupe d'huile dans un saladier puis disposez-les en une seule couche sur une plaque de cuisson. Faites-les rôtir environ 20 minutes à four moyen (180-190 °C) ; elles doivent être légèrement dorées. Pendant ce temps, faites chauffer le reste d'huile dans une poêle et faites cuire l'oignon et le bacon, jusqu'à ce que l'oignon soit tendre. Ajoutez le vin et continuez la cuisson jusqu'à ce qu'il ait réduit de moitié. Versez le bouillon et portez à ébullition. Baissez le feu et laissez mijoter 2 minutes à découvert. Transférez les pommes de terre dans un saladier avec l'appareil au bacon et le persil. Mélangez délicatement le tout.

Par portion lipides 82,6 g ; 1 154 kcal

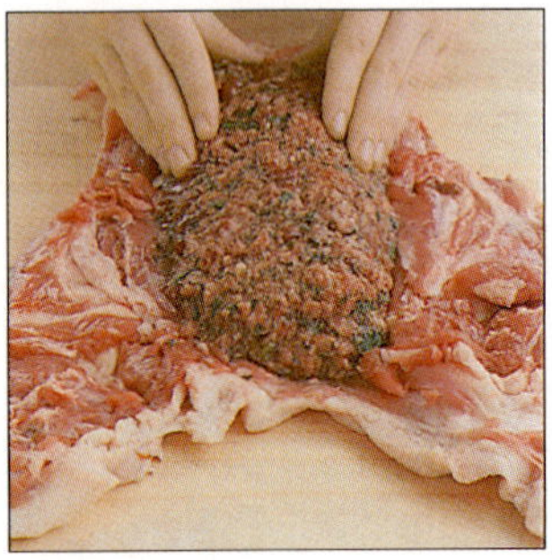

Posez le canard sur la peau et garnissez-le de farce au centre.

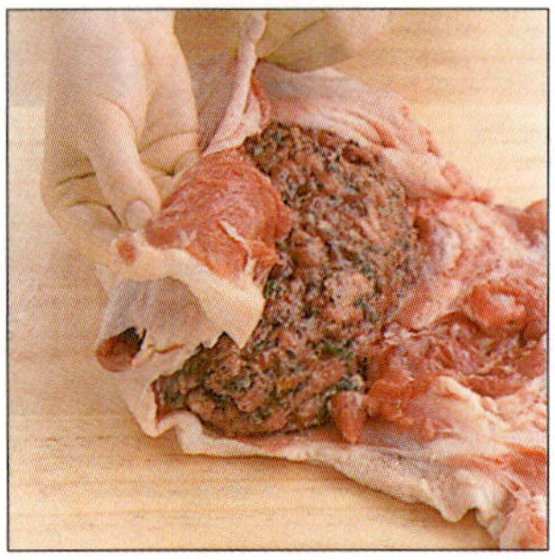

Rabattez un côté du canard sur la farce puis l'autre par-dessus.

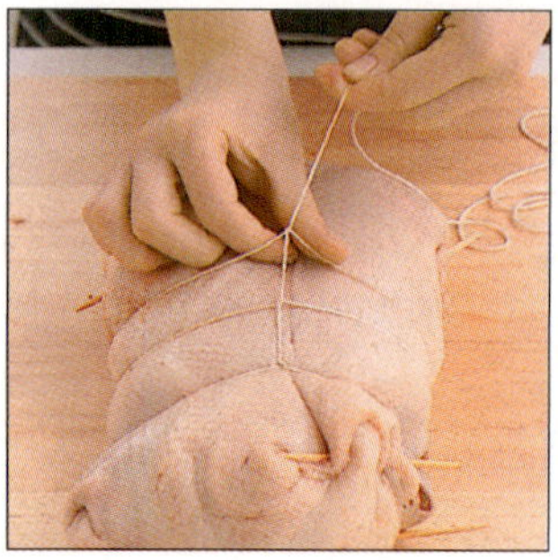

Maintenez le canard en place avec des brochettes puis ficelez-le.

Dorades au fenouil et aux tomates séchées

Pour 6 personnes.

PRÉPARATION 35 MINUTES • CUISSON 20 MINUTES

20 g de beurre
390 g de bulbe de fenouil émincé
60 ml d'eau
100 g de tomates conservées dans l'huile séchées
2 c. s. de feuilles d'origan frais
3 gousses d'ail pilées
2 c. s. de zeste de citron finement râpé
2 c. s. de jus de citron
1 c. s. d'huile d'olive
6 dorades de 400 g

Beurre aux herbes

60 g de beurre ramolli
2 c. s. d'origan frais finement ciselé
2 c. s. de persil plat frais finement ciselé

1 Préchauffez le four à 220-230 °C. Préparez le beurre aux herbes.

2 Faites fondre le beurre dans une poêle et faites revenir le fenouil en remuant, jusqu'à ce qu'il soit tendre. Retirez du feu. Mixez le fenouil avec l'eau, les tomates séchées, l'origan, l'ail, le zeste de citron, le jus de citron et l'huile, jusqu'à obtention d'une pâte.

3 Pratiquez trois incisions sur chaque face des poissons et posez chacun d'eux sur une feuille de papier d'aluminium assez grande pour l'envelopper complètement. Répartissez la sauce au fenouil sur les poissons en l'étalant bien puis fermez les papillotes. Posez-les sur une plaque de cuisson, enfournez et laissez cuire 15 minutes.

4 Sortez les poissons des papillotes et décorez-les avec une tranche de beurre aux herbes.

Beurre aux herbes Mélangez tous les ingrédients. Roulez la pommade obtenue dans un film alimentaire avant de la mettre au réfrigérateur pour la faire raffermir. Sortez-la 15 minutes avant de servir.

Par portion lipides 17,8 g ; 325 kcal

Pastitsio d'aubergine

Pour 8 personnes.

PRÉPARATION 40 MINUTES • CUISSON 1 H 20

2 grosses aubergines
150 g de linguine ou de macaronis
30 g de beurre fondu
3 œufs légèrement battus
25 g de parmesan finement râpé
30 g de basilic frais finement ciselé
30 g de persil plat frais finement ciselé
1/2 c. c. de noix de muscade en poudre
500 g de viande d'agneau hachée
1 c. c. d'huile d'olive
1 oignon jaune moyen finement haché
1 gousse d'ail pilée
1/2 c. c. de cannelle en poudre
1 c. s. de concentré de tomate
60 ml de vin rouge
60 ml de bouillon de bœuf
425 g de tomates concassées en conserve

Béchamel

60 g de beurre
50 g de farine
500 ml de lait

1 Préchauffez le four à 220-230 °C. Coupez les aubergines en très fines tranches dans la longueur. Disposez-les en une seule couche sur des plaques de four huilées et couvrez de papier d'aluminium. Enfournez et laissez cuire environ 25 minutes, jusqu'à ce que l'aubergine soit tendre et dorée. Retirez du four.

2 Baissez la température du four à 180-190 °C.

3 Pendant ce temps, faites cuire les pâtes dans un grand volume d'eau bouillante salée. Égouttez-les, rincez-les à l'eau froide et égouttez-les à nouveau. Mélangez-les dans un saladier avec le beurre, les œufs, le fromage, le basilic, le persil et la noix de muscade.

4 Faites revenir la viande dans une grande poêle antiadhésive préchauffée, en remuant, jusqu'à ce qu'elle se colore. Réservez-la et videz la graisse de la poêle. Faites chauffer l'huile dans la poêle et faites fondre l'oignon avec l'ail environ 2 minutes, en remuant. Réintégrez la viande dans la poêle avec la cannelle et le concentré de tomate. Faites cuire 2 minutes en remuant. Ajoutez le vin, le bouillon et les tomates avec leur jus, portez à ébullition. Baissez le feu et laissez frémir environ 15 minutes à découvert, en remuant de temps à autre, jusqu'à ce que l'appareil ait épaissi. (Cette sauce peut être préparée la veille et conservée une nuit au réfrigérateur.)

5 Pendant ce temps, préparez la béchamel.

6 Graissez un moule rond et tapissez le fond et les côtés avec les deux tiers des tranches d'aubergines. Déposez la moitié des pâtes au fond du moule, couvrez de béchamel puis étalez la viande hachée et sa sauce puis le reste de pâtes. Couronnez le tout du reste de tranches d'aubergine et couvrez d'un papier d'aluminium bien serré. Enfournez et laissez cuire environ 30 minutes, jusqu'à ce que le pastitsio soit cuit à cœur. Laissez reposer 10 minutes avant de servir.

Béchamel Faites fondre le beurre dans une casserole, ajoutez la farine et faites cuire environ 2 minutes en remuant, jusqu'à ce que l'appareil bouillonne et épaississe. Incorporez progressivement le lait sans cesser de remuer sur le feu ; la sauce doit bouillonner et prendre une consistance assez épaisse.

Par portion lipides 22 g ; 398 kcal

Roulez la pâte en buchettes sur un plan de travail fariné.

Découpez les buchettes en petits tronçons de taille égale.

Pressez les gnocchis sur une fourchette pour marquer les empreintes des dents dans

Gnocchis aux légumes et au fromage

Pour 6 personnes.

PRÉPARATION 2 HEURES • RÉFRIGÉRATION 1 HEURE • CUISSON 40 MINUTES

Les vrais amateurs de gnocchis les dégustent presque fondants. Leur légèreté dépend de la qualité des pommes de terres choisies. Optez pour une variété légèrement farineuse comme la bintje.

1,2 kg de pommes de terre
400 g de kumaras
300 g d'épinards grossièrement hachés
3 œufs
40 g de parmesan grossièrement râpé
300 g de farine
2 c. s. d'huile d'olive
100 g de fromage à pâte persillée émietté
25 g de pecorino finement râpé

Sauce au fromage

30 g de beurre
2 c. s. de farine
625 ml de lait
160 ml de crème
50 g de gruyère finement râpé
50 g de pecorino finement râpé

1 Faites cuire les pommes de terre dans leur peau, à l'eau ou à la vapeur, jusqu'à ce qu'elles soient tendres. Égouttez-les et laissez-les refroidir puis épluchez-les et coupez-les en morceaux.

2 Faites-cuire les kumaras dans leur peau au four à micro-ondes, à puissance maximale, environ 8 minutes ; ils doivent être tendres. Attendez qu'ils aient refroidi pour les éplucher. Faites cuire les épinards à l'eau ou à la vapeur, jusqu'à ce qu'ils soient flétris, puis égouttez-les.

3 Écrasez finement les pommes de terre. Répartissez cette purée dans trois saladiers. Incorporez un œuf à chaque portion de purée et mélangez bien. Réduisez les kumaras en purée puis mettez-les dans un des saladiers et mélangez bien. Incorporez le parmesan dans le deuxième saladier et l'épinard dans le troisième. Ajoutez environ 100 g de farine dans chaque saladier et travaillez les trois purées à la cuiller pour obtenir une pâte ferme.

4 Roulez chaque pâte en boudins de 2 cm d'épaisseur sur un plan de travail fariné. Coupez chacun d'eux en morceaux de 2 cm puis formez des boulettes. Roulez celles-ci sur l'intérieur d'une fourchette en pressant légèrement du doigt pour obtenir des gnocchis traditionnels : l'empreinte des dents en creux sur une face, en relief sur l'autre. Disposez les gnocchis en une seule couche sur des plaques de four légèrement farinées, couvrez et laissez reposer 1 heure au réfrigérateur.

5 Faites cuire les gnocchis 2 minutes dans un grand volume d'eau bouillante salée. Dès qu'ils remontent à la surface, retirez-les avec une écumoire, égouttez-les et mettez-les dans un saladier. Versez l'huile et remuez délicatement.

6 Préparez la sauce au fromage. Versez-la sur les gnocchis et mélangez délicatement. Répartissez-les dans six ramequins légèrement huilés, parsemez-les de fromage émietté et de pecorino puis passez-les 3 minutes sous le gril du four, jusqu'à ce que le fromage soit doré.

Sauce au fromage Faites fondre le beurre dans une casserole. Ajoutez la farine et remuez jusqu'à ce que l'appareil bouillonne et épaississe. Incorporez progressivement le lait et la crème en remuant, jusqu'à ce que l'appareil bouillonne et épaississe à nouveau. Retirez la casserole du feu et incorporez le gruyère et le pecorino.

Par portion lipides 40,9 g ; 791 kcal

L'astuce du chef

À la cuisson, les kumaras peuvent rapidement s'imbiber d'eau. La cuisson au micro-ondes permet d'éviter ce problème.

Carré de veau et son risotto au potiron

Pour 6 personnes.

PRÉPARATION 30 MINUTES • CUISSON 5 H 30

Préparez la veille le bouillon qui vous servira à la cuisson du risotto et mettez-le au réfrigérateur pour le dégraisser plus facilement.

1 kg d'os de jarret de veau coupés en morceaux
1 oignon jaune moyen grossièrement haché
1 branche de céleri grossièrement émincée
1 carotte moyenne grossièrement émincée
2 feuilles de laurier
1 c. c. de grains de poivre noir
4 litres d'eau
2 gousses d'ail pilées
2 c. s. de romarin frais finement ciselé
2 c. s. de moutarde à l'ancienne
1 c. s. d'huile d'olive
1 carré de veau de 1,2 kg (6 côtes)

Risotto au potiron

500 g de potiron coupé en petits cubes
2 c. s. d'huile d'olive
1 oignon jaune moyen finement haché
300 g de riz arborio
125 ml de vin blanc sec
20 g de parmesan finement râpé
20 g de beurre
40 g de persil plat frais finement ciselé

1 Préchauffez le four à 220-230 °C. Mettez les os de veau et l'oignon dans un plat à rôtir. Enfournez et laissez cuire 1 heure, jusqu'à ce que les os soient dorés. Transférez le tout dans une casserole avec le céleri, la carotte, le laurier, le poivre et l'eau puis portez à ébullition. Baissez le feu et laissez mijoter 3 heures à découvert. Passez le bouillon dans un tamis fin puis laissez-le refroidir à température ambiante avant de le mettre au réfrigérateur. Quand la graisse s'est figée en surface, retirez-la délicatement.

2 Baissez la température du four à 180-190°C.

3 Mélangez l'ail, le romarin, la moutarde et l'huile dans un récipient. Posez le carré de veau sur une grille dans un grand plat à rôtir et parsemez de l'assaisonnement à l'ail. Couvrez puis laissez cuire 1 heure au four. Découvrez et continuez la cuisson environ 30 minutes, selon le degré de cuisson désiré. Couvrez et laissez reposer 10 minutes.

4 Pendant ce temps, préparez le risotto au potiron.

5 Servez le carré détaillé en côtes et accompagné du risotto.

Risotto au potiron rôti Quand le veau a déjà cuit 45 minutes, mettez le potiron sur une plaque de cuisson et arrosez-le avec la moitié de l'huile. Faites-le rôtir 45 minutes au four, jusqu'à ce qu'il soit tendre et doré. Réchauffez le bouillon dégraissé, couvrez puis laissez mijoter à feu doux. Faites chauffer le reste d'huile dans une casserole et faites fondre l'oignon en remuant. Ajoutez le riz sans cesser de remuer. Versez le vin, toujours en remuant jusqu'à absorbtion complète, puis mouillez avec 125 ml de bouillon frémissant. Poursuivez la cuisson sans cesser de mélanger sur le feu et en mouillant le riz avec le bouillon dès que tout le liquide est absorbé. Au bout de 35 minutes, le riz doit être tendre et légèrement crémeux. Incorporez le potiron, le parmesan et le persil juste avant de servir.

Par portion lipides 15,4 g ; 510 kcal

Travers de porc au barbecue

Pour 8 personnes.

MARINADE 12 HEURES • PRÉPARATION 25 MINUTES • CUISSON 2 H 10

Demandez à votre boucher de dégraisser au maximum les travers de porc et de les détailler en morceaux de 8 à 10 côtes.

3,5 kg de travers de porc

Sauce barbecue

560 ml de Ketchup
375 ml de vinaigre de cidre
80 ml d'huile d'olive
125 ml de sauce Worcestershire
165 g de sucre brun
3 c. s. de moutarde douce
1 1/2 c. c. de poivre noir concassé
3 piments rouges finement hachés
3 gousses d'ail pilées
60 ml de jus de citron

1 Préparez la sauce barbecue.

2 Mettez les travers dans un grand plat à rôtir assez profond et badigeonnez-les de sauce barbecue des deux côtés. Arrosez-les du reste de sauce. Couvrez et laissez mariner une nuit au réfrigérateur ; retournez les travers à plusieurs reprises.

3 Préchauffez le four à 160-170 °C. Égouttez les travers et réservez la sauce. Répartissez les travers dans deux grands plats à rôtir, posés sur des grilles. Enfournez et laissez cuire 1 h 30 à couvert.

4 Augmentez la température du four à 220-230 °C. Découvrez les travers et continuez la cuisson jusqu'à ce qu'ils soient dorés et cuits à point, en les badigeonnant souvent de sauce ; retournez-les au bout de 15 minutes.

5 Versez le reste de sauce barbecue dans une casserole puis portez à ébullition. Baissez le feu et laissez mijoter 4 minutes en remuant pour faire épaissir la sauce. À l'aide de ciseaux de cuisine, détaillez les travers en portions de deux ou trois côtes. Servez avec la sauce bien chaude.

Sauce barbecue Mélangez tous les ingrédients dans une casserole et portez à ébullition. Retirez la casserole du feu et laissez refroidir la sauce avant d'en badigeonner les travers.

Par portion lipides 25,5 g ; 574 kcal

Suggestion d'accompagnement Servez ces travers de porc avec une salade de pommes de terre tiède et du chou cru à la sauce moutarde (optez pour de la moutarde à l'ancienne).

L'ASTUCE DU CHEF

Vous limiterez la corvée de vaisselle en tapissant les plats de papier sulfurisé.

Porc farci aux pommes et chou rouge braisé

Pour 8 personnes.

PRÉPARATION 1 HEURE • CUISSON 2 H 15

Commandez à votre boucher un rôti de porc avec une partie peu épaisse assez large (20 cm) pour pouvoir mieux l'enrouler autour de la farce. Demandez-lui également de retirez la couenne et de vous la mettre à part pour la faire griller.

2,5 kg de rôti de porc dans l'échine
2 c. s. de gros sel
750 ml de cidre
125 ml de bouillon de volaille
3 c. c. de sucre

Garniture aux pommes

30 g de beurre
3 grosses pommes granny smith coupées en minces quartiers
1 poireau moyen émincé
1 oignon jaune moyen émincé
1/2 c. s. de cannelle en poudre
2 c. s. de sucre
70 g de chapelure
1 c. s. de zeste de citron finement râpé
1 bouquet de persil plat grossièrement ciselé

Chou rouge braisé

40 g de beurre
1/4 de c. c. de graines de carvi
4 brins de thym
1 feuille de laurier
1 oignon jaune moyen finement haché
1 pomme granny smith moyenne grossièrement râpée
1,5 kg de chou rouge émincé
125 ml de vinaigre de vin rouge
310 ml d'eau

1. Préchauffez le four à 240-250 °C.
2. Posez le porc sur une planche, la couenne vers le haut. Glissez un couteau sous la couenne, décollez-la de la viande puis mettez-la dans un grand plat à rôtir, la face grasse vers le haut. Pratiquez des incisions en diagonale, espacées de 3 cm, dans un sens puis dans l'autre pour former un motif en losanges. Frottez de sel. Enfournez et laissez griller environ 30 minutes ; la couenne doit être dorée et croustillante. Coupez-la en petites lamelles et réservez. Baissez la température du four à 180-190 °C.
3. Pendant ce temps, préparez la garniture aux pommes.
4. Incisez horizontalement la partie la plus épaisse du rôti sans le transpercer. Ouvrez le rôti en deux et étalez la garniture aux pommes sur toute sa longueur, roulez-le pour enfermer la farce et attachez-le avec de la ficelle tous les 2 cm.
5. Posez le rôti sur une grille dans un grand plat résistant au feu et versez 625 ml de cidre dans le plat. Enfournez et laissez cuire 1 h 30.
6. Pendant ce temps, préparez le chou braisé.
7. Retirez le rôti du plat et couvrez-le. Mettez le plat sur le feu, ajoutez le bouillon, le sucre et le reste de cidre. Laissez mijoter en remuant, jusqu'à ce que la sauce ait légèrement épaissi.
8. Découpez le porc en tranches épaisses et servez-le nappé de sauce, avec le chou braisé et la couenne rissolée.

Garniture aux pommes Faites chauffer le beurre dans une grande poêle et faites cuire la pomme, le poireau, l'oignon, la cannelle et le sucre en remuant, jusqu'à ce que le poireau et l'oignon soient tendres. Retirez la poêle du feu et incorporez la chapelure, le zeste de citron et le persil.

Chou rouge braisé Mettez le beurre, les graines de carvi, le thym et le laurier dans une casserole à fond épais puis faites chauffer en remuant jusqu'à ce que les aromates embaument. Ajoutez l'oignon et la pomme. Continuez la cuisson jusqu'à ce que l'oignon soit tendre. Incorporez le chou, le vinaigre et l'eau et laissez mijoter 1 heure à feu doux ; remuez à plusieurs reprises. Retirez le thym et le laurier.

Par portion lipides 104,4 g ; 1326 kcal

Lasagne bolognese

Pour 8 personnes.

PRÉPARATION 1 H 15 • CUISSON 2 H 45

À Bologne, les lasagnes se préparent avec une sauce enrichie de foies de volaille et de lait.

2 c. c. d'huile d'olive
6 tranches de pancetta émincées
1 gros oignon blanc finement haché
1 carotte moyenne émincée
2 branches de céleri émincées
1 kg de viande de bœuf hachée
150 g de foies de volaille finement hachés
500 ml de lait
60 g de beurre
500 ml de bouillon de bœuf
250 ml de vin rouge
410 g de purée de tomates en conserve
2 c. s. de concentré de tomate
30 g de persil plat finement ciselé
160 g de parmesan finement râpé

Pâte

150 g de farine
45 g de semoule de blé dur
2 œufs
1 c. s. d'huile d'olive
semoule de blé dur pour saupoudrer

Béchamel

125 g de beurre
110 g de farine
1,25 litre de lait chaud

1 Faites chauffer l'huile dans une casserole à fond épais et faites rissoler la pancetta, jusqu'à ce qu'elle soit croustillante. Ajoutez l'oignon, la carotte et le céleri, remuez sur le feu jusqu'à ce qu'ils soient tendres avant d'y joindre le bœuf et les foies hachés. Laissez cuire jusqu'à ce qu'ils changent de couleur. Incorporez alors le lait et le beurre et continuez la cuisson en remuant de temps à autre, jusqu'à ce que le liquide ait réduit de moitié. Versez le bouillon, le vin, la purée et le concentré de tomate ; laissez mijoter 1 h 30 à découvert. Retirez la casserole du feu et incorporez le persil. (Cette sauce peut être préparée la veille et conservée une nuit au réfrigérateur.)

2 Pendant ce temps, préparez la pâte.

3 Préchauffez le four à 200-210 °C. Graissez un grand plat à gratin rectangulaire.

4 Préparez la béchamel. Étalez-en un tiers au fond du plat, couvrez avec deux feuilles de pâte puis avec une couche de sauce bolognaise. Saupoudrez de parmesan. Répétez l'opération dans le même ordre jusqu'à épuisement des ingrédients et en terminant par du parmesan.

5 Faites cuire les lasagnes 40 minutes au four, jusqu'à ce qu'elles soient légèrement dorées. Laissez-les reposer 15 minutes à température ambiante avant de servir.

Pâte Mixez au robot les farines, les œufs et l'huile jusqu'à ce que la pâte forme une boule. Transférez celle-ci sur un plan de travail fariné pétrissez-la 5 minutes, jusqu'à ce qu'elle soit souple et lisse. Divisez-la en quatre. Réglez les rouleaux de la machine à pâtes sur l'écartement maximum et passez la pâte. Repliez la pâte sur elle-même dans la longueur et repassez-la à la machine. Réglez les rouleaux sur l'écartement suivant et répétez l'opération jusqu'à l'avant-dernier degré d'écartement (1 mm) en veillant à ce que l'abaisse fasse toujours 10 cm de large. Saupoudrez de semoule de blé dur entre les passages dans la machine si la pâte semble coller. Coupez la pâte en bandes de 35 cm. Faites cuire ces plaques de lasagne environ 1 minute dans un grand volume d'eau bouillante salée, jusqu'à ce qu'elles remontent à la surface. Procédez en plusieurs fois. Rafraîchissez les pâtes cuites dans un saladier d'eau glacée, égouttez-les et séchez-les avec du papier absorbant.

Béchamel Faites fondre le beurre dans une casserole, ajoutez la farine et remuez jusqu'à obtention d'une pâte lisse. Versez progressivement le lait puis portez à ébullition jusqu'à ce que la sauce bouillonne et épaississe.

Par portion lipides 53,1 g ; 874 kcal

L'astuce du chef

Si vous manquez de temps, achetez des lasagnes fraîches ou sèches chez un traiteur italien et conformez-vous aux indications portées sur l'emballage pour les temps de cuisson.

Pain au chocolat et à la banane

Pour 12 personnes.

PRÉPARATION 15 MINUTES • CUISSON 1 HEURE

2 grosses bananes bien mûres réduites en purée
165 g de sucre en poudre
2 œufs légèrement battus
60 ml d'huile d'olive
60 ml de lait
100 g de farine avec levure incorporée
100 g de farine complète avec levure incorporée
90 g de noix grillées grossièrement concassées
45 g de chocolat noir à croquer finement râpé

Beurre aux noix

100 g de beurre ramolli
30 g de noix grillées finement concassées

1 Préchauffez le four à 180-190 °C. Graissez un moule à cake rectangulaire et tapissez le fond et les côtés de papier sulfurisé.

2 Mélangez la banane et le sucre dans un saladier. Incorporez les œufs, l'huile et le lait. Ajoutez les farines, les noix et le chocolat et remuez jusqu'à obtention d'un mélange homogène.

3 Étalez l'appareil dans le moule et lissez. Enfournez et laissez cuire environ 1 heure. Laissez reposer 5 minutes dans le moule puis retournez celui-ci sur une grille et laissez tiédir. Servez tiède avec le beurre fouetté aux noix.

Beurre aux noix Fouettez le beurre jusqu'à ce qu'il soit léger et mousseux puis incorporez les noix.

Par portion lipides 20,8 g ; 338 kcal

L'ASTUCE DU CHEF

Ce pain à la banane se garde 3 jours dans un récipient hermétique. Quand il est un peu rassis, servez-le légèrement grillé avec du beurre et une confiture d'agrumes.

Pain au potiron

Pour 8 personnes.

PRÉPARATION 20 MINUTES • CUISSON 1 H 40

500 g de potiron coupé en dés de 1 cm
1 c. s. d'huile végétale
1 c. s. de romarin frais finement ciselé
260 g de farine avec levure incorporée
125 g de polenta
40 g de parmesan finement râpé
2 œufs
300 g de crème aigre
55 g de graines de citrouille ou de tournesol

1 Préchauffez le four à 200-210 °C. Graissez un moule à cake rectangulaire et tapissez le fond et les côtés de papier sulfurisé.

2 Mélangez le potiron, l'huile et la moitié du romarin. Disposez le potiron en une seule couche sur une plaque de cuisson. Enfournez et laissez rôtir 20 minutes, jusqu'à ce que le potiron soit tendre. Laissez refroidir 10 minutes et réduisez en purée dans un saladier. (Vous pouvez préparer le potiron la veille et le conserver au réfrigérateur.)

3 Réduisez la température du four à 180-190 °C. Incorporez la farine, la polenta, le parmesan et le reste de romarin à la purée de potiron. Ajoutez enfin les œufs et la crème après les avoir fouettés ensemble vigoureusement.

4 Transvasez la préparation dans le moule, saupoudrez de graines de tournesol en pressant légèrement pour qu'elles adhèrent à la pâte. Couvrez de papier d'aluminium puis laissez cuire 1 heure au four. Retirez le papier d'aluminium et continuez la cuisson pendant 20 minutes. Laissez reposer 5 minutes avant de démouler le pain sur une grille métallique. Laissez refroidir à température ambiante.

Par portion lipides 24,5 g ; 417 kcal

Petits pains ronds

Pour 20 petits pains.

PRÉPARATION 30 MINUTES • LEVAGE 1 HEURE • CUISSON 15 MINUTES

La farine de boulanger étant plus riche en gluten que la farine ordinaire, ces petits pains ont une croûte particulièrement croquante. Vous trouverez cette farine dans certaines grandes surfaces et dans les magasins diététiques.

500 ml d'eau chaude
1 c. c. de sucre
2 c. c. de levure sèche
640 g de farine de boulanger
2 c. c. de sel
huile végétale

1 Battez l'eau, le sucre et la levure jusqu'à dissolution de cette dernière. Couvrez et laissez reposer environ 15 minutes dans un endroit chaud, jusqu'à ce que le mélange soit mousseux.

2 Mélangez la farine et le sel dans un saladier puis incorporez la levure. Posez la pâte sur un plan de travail légèrement fariné et pétrissez-la environ 15 minutes ; elle doit être lisse et élastique. Transférez la pâte dans un saladier huilé et retournez-la pour l'enrober d'une pellicule d'huile. Couvrez et laissez reposer environ 1 heure dans un endroit chaud ; la pâte doit doubler de volume.

3 Préchauffez le four à 200-210 °C.

4 Mettez la pâte sur le plan de travail légèrement fariné et pétrissez-la environ 1 minute, jusqu'à ce qu'elle soit parfaitement lisse. Divisez-la en quatre parts puis divisez chacune d'elles en cinq.

5 Formez une boule avec chaque portion de pâte. Disposez-les tous les 5 cm sur une plaque de cuisson légèrement huilée. Incisez le dessus en croix et badigeonnez légèrement d'huile. Couvrez de film alimentaire, sans serrer, et laissez reposer 20 minutes dans un endroit chaud, jusqu'à ce que les boules aient doublé de volume. Enfournez et laissez cuire 15 minutes. Transférez les petits pains sur une grille et laissez refroidir.

Par portion lipides 0,7 g ; 115 kcal

Brioche

Pour 12 brioches.

PRÉPARATION 40 MINUTES • LEVAGE 3 HEURES • CUISSON 15 MINUTES

375 g de farine
5 g de levure déshydratée
1/4 c. c. de sel
55 g de sucre en poudre
180 ml de lait chaud
6 jaunes d'œufs
125 g de beurre
2 c. c. de sucre

1 Mélangez la farine, la levure et le sel dans un saladier. Mélangez le sucre et le lait dans un pichet ; remuez jusqu'à dissolution du sucre. Versez ce mélange dans le saladier puis incorporez 5 jaunes d'œufs un à un. Remuez avec une cuiller en bois jusqu'à ce que l'appareil prenne une consistance plus solide puis pétrissez-le à la main pour obtenir une pâte ferme.

2 Divisez le beurre en 10 portions. Posez la pâte sur un plan de travail légèrement fariné. Incorporez le beurre morceau par morceau en pétrissant bien entre chaque ajout ; à la fin de cette étape, la pâte doit être lisse et luisante. Transférez-la dans un saladier huilé. Couvrez et laissez reposer 2 heures dans un endroit chaud pour que la pâte double de volume.

3 Graissez 12 moules cannelés. Divisez la pâte en 12 portions puis retirez environ un quart de pâte dans chaque portion. Roulez toutes les portions en boules. Placez les plus grosses dans les moules et, du bout du doigt, formez un creux au sommet de chacune avant de loger une petite boule dans le creux. Dorez les brioches avec le dernier jaune d'œuf et saupoudrez-les de sucre. Laissez reposer environ 1 heure dans un endroit chaud ; les brioches doivent doubler de volume.

4 Pendant ce temps, préchauffez le four à 180-190 °C.

5 Enfournez et laissez cuire 15 minutes. Servez chaud.

Par portion lipides 12,3 g ; 247 kcal

Travaillez les ingrédients à la cuiller en bois pour obtenir une pâte ferme.

Incorporez le beurre et pétrissez jusqu'à ce que la pâte soit lisse.

Du bout du doigt, formez un creux pour y loger une petite boule de pâte.

Pavés au chocolat et aux noix de macadamia

Pour 30 carrés

PRÉPARATION 15 MINUTES • RÉFRIGÉRATION 1 HEURE ENVIRON
CUISSON 5 MINUTES

200 g de beurre
115 g de caramel liquide
35 g de chocolat instantané
25 g de cacao en poudre
500 g de biscuits sucrés nature (type petit-beurre) finement émiettés
75 g de noix de macadamia grillées grossièrement concassées
200 g de chocolat noir à croquer

1 Tapissez un moule peu profond de film alimentaire.

2 Mélangez le beurre, le caramel, le chocolat et le cacao tamisé dans une casserole. Faites chauffer à feu moyen, en remuant, jusqu'à ce que l'appareil soit lisse. Ajoutez les biscuits émiettés et les noix.

3 Transvasez dans le moule et lissez. Couvrez et laissez raffermir au réfrigérateur.

4 Faites fondre le chocolat au bain-marie, dans un saladier posé au-dessus d'une casserole d'eau frémissante, et remuez jusqu'à obtention d'une pâte lisse. Étalez le chocolat sur le biscuit et remettez au réfrigérateur, sans couvrir, jusqu'à ce que la garniture soit ferme. Coupez en rectangles avant de servir.

Par portion lipides 12,2 g ; 194 kcal

L'ASTUCE DU CHEF

Vous pouvez remplacer les noix de macadamia par des pistaches, des amandes, des noisettes ou des noix.

Cheesecake aux cerises

Pour 8 personnes.

PRÉPARATION 25 MINUTES • RÉFRIGÉRATION 1 HEURE ENVIRON
CUISSON 35 MINUTES

250 g de biscuits chocolatés
125 g de beurre fondu
500 g de fromage frais sucré
110 g de sucre en poudre
2 œufs
80 g de crème aigre
1 c. s. de farine
225 g de cerises surgelées

1 Graissez un moule peu profond et tapissez-le de film alimentaire.

2 Passez les biscuits au robot ou au mixeur pour obtenir une chapelure fine. Ajoutez le beurre et mixez juste assez pour lier les ingrédients. Transférez l'appareil dans le moule et tassez légèrement. Couvrez et laissez raffermir au réfrigérateur.

3 Pendant ce temps, préchauffez le four à 140-150 °C. Fouettez le fromage, le sucre et le jus de citron jusqu'à ce que le fromage soit lisse. Ajoutez les œufs, la crème et la farine puis battez jusqu'à ce que le mélange soit homogène. Étalez cet appareil sur la base de biscuit et parsemez de cerises. Faites cuire le cheesecake 35 minutes au four. Laissez refroidir à température ambiante puis faites raffermir au réfrigérateur.

Par portion lipides 44,2 g ; 581 kcal

L'ASTUCE DU CHEF

Pour faciliter le découpage du gâteau, utilisez un couteau trempé dans l'eau bouillante.

Gâteau de semoule

Pour 28 parts

PRÉPARATION 15 MINUTES • RÉFRIGÉRATION 12 HEURES • CUISSON 1 H 50

1 kg de semoule de blé dur
550 g de sucre
250 ml de lait
125 g de beurre
40 g d'amandes mondées

Sirop de sucre

750 ml d'eau
2 c. c. de jus de citron
330 g de sucre en poudre
2 c. c. d'eau de fleur d'oranger

1 Préparez le sirop de sucre.
2 Préchauffez le four à 160-170 °C. Graissez un moule peu profond.
3 Mélangez la semoule et le sucre dans un saladier. Versez le lait dans une casserole avec le beurre et faites chauffer à feu doux jusqu'à ce que le beurre ait fondu. Incorporez à la semoule en remuant.
4 Étalez l'appareil dans le moule et lissez la surface. Dessinez des losanges de 4 cm de côté avec la pointe d'un couteau et placez une amande au centre de chaque losange. Enfournez et laissez cuire environ 1 h 20, jusqu'à ce que le gâteau soit doré et légèrement ferme au toucher.
5 Suivez le dessin des losanges pour découper le gâteau. Versez le sirop en filet sur le gâteau chaud et laissez refroidir dans le moule.

Sirop de sucre Mélangez l'eau, le jus de citron et le sucre dans une casserole puis portez à ébullition. Baissez le feu et laissez mijoter 20 minutes, jusqu'à ce que le sirop ait réduit de moitié. Laissez refroidir à température ambiante. Incorporez l'eau de fleur d'oranger. Couvrez et laissez macérer 12 heures au réfrigérateur.

Par portion lipides 5,2 g ; 282 kcal

Les astuces du chef

• Couvrez le gâteau d'une feuille de papier d'aluminium s'il brunit trop pendant la cuisson.

• Le sirop développe tout son arôme s'il est préparé la veille ; sortez-le du réfrigérateur quand vous mettez le gâteau au four pour qu'il soit à la bonne température au moment de servir.

Streusel à la pomme et à la rhubarbe

Pour 15 personnes.

PRÉPARATION 30 MINUTES • RÉFRIGÉRATION 1 HEURE • CUISSON 15 MINUTES

100 g de beurre ramolli
110 g de sucre en poudre
1 jaune d'œuf
100 g de farine
35 g de farine avec levure incorporée
1 c. s. de préparation en poudre pour crème anglaise
1 kg de rhubarbe épluchée puis grossièrement hachée
2 grosses pommes granny smith émincées
2 c. s. de miel
1 1/2 c. c. de zeste d'orange finement râpé

Streusel

75 g de farine
35 g de farine avec levure incorporée
75 g de sucre brun
1/2 c. c. de cannelle en poudre
80 g de beurre coupé en petits morceaux

1 Préparez le streusel.

2 Préchauffez le four à 180-190 °C. Tapissez un moule peu profond de papier sulfurisé en le laissant dépasser de 3 cm sur les grands côtés.

3 Fouettez le beurre, le sucre et le jaune d'œuf au batteur électrique, jusqu'à ce que l'appareil soit léger et mousseux. Incorporez les farines tamisées et la préparation pour crème anglaise. Étalez cette pâte dans le moule et aplatissez-la à la main. Enfournez et laissez cuire environ 20 minutes jusqu'à ce que la base de biscuit soit légèrement dorée. Laissez refroidir 15 minutes. Montez la température du four à 200-210 °C.

4 Pendant ce temps, faites cuire la rhubarbe, la pomme, le miel et le zeste d'orange dans une casserole et remuez pendant 6 minutes, jusqu'à ce que les pommes soient tendres. Laissez refroidir 15 minutes. Étalez les fruits sur la base de biscuit et parsemez de streusel grossièrement émietté. Enfournez et laissez cuire environ 15 minutes. Laissez refroidir dans la plaque avant de servir.

Streusel Passez au robot ou au mixeur les farines, le sucre et la cannelle pour bien les mélanger. Ajoutez le beurre et continuez à mixer jusqu'à ce que les ingrédients commencent à s'amalgamer. Enveloppez de film alimentaire et faites raffermir 1 heure au réfrigérateur.

Par portion lipides 10,5 g ; 226 kcal

L'ASTUCE DU CHEF

La garniture peut être congelée jusqu'à une semaine. Les fruits peuvent être cuits la veille et conservés au réfrigérateur.

Pavés à la cannelle

Pour 50 pièces.

PRÉPARATION 25 MINUTES • RÉFRIGÉRATION 30 MINUTES • CUISSON 15 MINUTES

250 g de beurre ramolli
1 c. s. d'essence de vanille
110 g de sucre brun
220 g de sucre en poudre
2 œufs
410 g de farine
1 c. c. de bicarbonate de soude
1/2 c. c. de noix de muscade en poudre
1 c. s. de sucre en poudre
2 c. c. de cannelle en poudre

1 Battez le beurre, l'essence de vanille et le sucre jusqu'à ce que l'appareil soit léger et mousseux. Ajoutez les œufs un par un en battant toujours, jusqu'à ce que le mélange soit homogène. Transférez dans un saladier.

2 Incorporez à cet appareil la farine tamisée, le bicarbonate et la noix de muscade préalablement mélangés. Procédez en deux fois. Couvrez et laissez reposer cette pâte 30 minutes au réfrigérateur.

3 Pendant ce temps, préchauffez le four à 180-190 °C.

4 Mélangez 1 cuillerée à soupe de sucre et la cannelle dans un récipient. Formez des boules de pâte, chacune de la valeur d'une cuillerée à soupe rase, et roulez-les dans le sucre à la cannelle. Disposez-les sur des plaques de cuisson, espacées de 7 cm. Enfournez et laissez cuire environ 12 minutes. Laissez les pavés refroidir sur les plaques.

Par portion lipides 4,4 g ; 93 kcal

Cookies aux pépites de chocolat

Pour 40 pièces.

PRÉPARATION 40 MINUTES • RÉFRIGÉRATION 1 HEURE • CUISSON 15 MINUTES

250 g de beurre
1 c. c. d'essence de vanille
165 g de sucre
165 g de sucre brun
1 œuf
335 g de farine
1 c. c. de bicarbonate de soude
300 g de pépites de chocolat noir

1 Préchauffez le four à 180-190 °C.

2 Battez le beurre, l'essence de vanille, les sucres et l'œuf jusqu'à ce que l'appareil soit léger et mousseux. Transférez dans un saladier.

3 Mélangez la farine tamisée et le bicarbonate puis incorporez-les à l'œuf battu. Incorporez les pépites de chocolat, couvrez et laissez reposer 1 heure au réfrigérateur.

4 Formez des boules de pâte, chacune de la valeur de 1 cuillerée à soupe rase et disposez-les sur des plaques de four huilées en les espaçant de 3 cm. Enfournez et laissez cuire 12 minutes. Laissez refroidir les cookies sur les plaques.

Par portion lipides 7,5 g ; 146 kcal

Cookies express

Pour 50 cookies.

PRÉPARATION 20 MINUTES • CUISSON 10 MINUTES

Vous pouvez conserver cette pâte, roulée en bûchette et enveloppée hermétiquement dans du film alimentaire, jusqu'à 3 jours au réfrigérateur, jusqu'à 3 mois au congélateur. Ensuite, vous n'aurez plus qu'à la couper en tranches et à passer celles-ci au four. La pâte surgelée doit décongeler au réfrigérateur avant d'être coupée et cuite.

250 g de beurre
160 g de sucre glace
375 g de farine

1 Battez le beurre et le sucre tamisé jusqu'à ce que l'appareil soit léger et mousseux. Transférez dans un saladier.

2 Incorporez la farine. Pétrissez la pâte sur un plan de travail légèrement fariné jusqu'à ce qu'elle soit lisse. Divisez-la en deux parts et roulez chacune d'elles en bûchette longue de 25 cm. Enveloppez-les de film alimentaire et laissez-les raffermir 1 heure au réfrigérateur.

3 Pendant ce temps, préchauffez le four à 180-190 °C.

4 Coupez les bûchettes en tranches de 1 cm. Disposez-les sur des plaques de four, espacées de 2 cm. Enfournez et laissez cuire environ 10 minutes, jusqu'à ce que les cookies soient légèrement dorés. Transférez-les sur une grille et laissez refroidir.

Par portion lipides 4,2 g ; 75 kcal

L'ASTUCE DU CHEF

Plus les cookies sont fins, plus ils sont croustillants.

Variantes

Vanille

Ajoutez 1 cuillerée à café d'essence de vanille dans le beurre et le sucre battus.

Par portion 4,2 g ; 75 kcal

Chocolat et noisette

Ajoutez 2 cuillerées à soupe de cacao en poudre dans le beurre et le sucre battus puis incorporez 100 g de farine de noisette et 75 g de chocolat au lait râpé avant d'ajouter la farine. Laissez refroidir à température ambiante avant de découper.

Par portion 4,8 g ; 82 kcal

Citron

Ajoutez 1 cuillerée à café de zeste de citron râpé dans le beurre et le sucre battus.

Par portion 4,2 g ; 75 kcal

Orange

Ajoutez 1 cuillerée à café de zeste d'orange râpé dans le beurre et le sucre battus.

Par portion 4,2 g ; 75 kcal

En partant de la gauche : cookies à la vanille, cookies chocolat et noisette, cookies au citron et cookies à l'orange.

Cheesecake aux cookies et à la vanille

Pour 12 personnes.

PRÉPARATION 20 MINUTES • CUISSON 5 MINUTES • RÉFRIGÉRATION 6 HEURES

250 g de cookies au chocolat
150 g de beurre fondu
2 c. c. de gélatine en poudre
60 ml d'eau
360 g de fromage frais sucré
300 ml de crème fraîche épaisse
1 c. c. d'extrait de vanille
110 g de sucre en poudre
180 g de chocolat blanc fondu
150 g de biscuits fourrés au chocolat coupés en quatre
50 g de chocolat noir fondu

1 Tapissez le fond d'un moule à manqué de papier sulfurisé.

2 Réduisez les cookies en fine chapelure. Ajoutez le beurre et continuez à mixer jusqu'à ce que les ingrédients commencent à s'amalgamer. Tassez cette pâte à la main dans le fond du moule, sur une hauteur de 3 cm. Couvrez et laissez reposer 3 heures au réfrigérateur.

3 Mélangez l'eau et la gélatine dans un petit bol puis faites chauffer le tout au bain-marie. Remuez jusqu'à dissolution. Laissez tiédir 5 minutes.

4 Battez le fromage, la crème, la vanille et le sucre dans un saladier, jusqu'à obtention d'une pâte lisse. Incorporez la gélatine et le chocolat blanc puis les biscuits coupés en quatre. Versez cet appareil dans le moule, sur le biscuit, et couvrez. Laissez reposer 3 heures au réfrigérateur, jusqu'à ce que l'appareil ait pris. Décorez de chocolat fondu avant de servir.

Par portion lipides 42,7 g ; 571 kcal

L'ASTUCE DU CHEF

Si vous ne disposez pas d'une poche à douille, transvasez le chocolat fondu dans un petit sac en plastique et coupez un coin de ce sac pour décorer le gâteau de façon régulière.

Palmiers aux pistaches et au miel

Pour 32 pièces.

PRÉPARATION 30 MINUTES • RÉFRIGÉRATION 30 MINUTES • CUISSON 15 MINUTES

110 g de pistaches nature grillées
55 g de sucre en poudre
3 c. c. d'eau de rose
1/2 c. c. de cannelle en poudre
20 g de beurre
2 c. s. de cassonade
2 feuilles de pâte feuilletée
1 œuf légèrement battu
175 g de miel

1 Mixez les pistaches avec le sucre, 2 cuillerées à café d'eau de rose, la cannelle et le beurre jusqu'à obtention d'une pâte granuleuse.

2 Saupoudrez une planche avec la moitié de la cassonade, étalez une feuille de pâte et passez un rouleau à pâtisserie pour que le sucre s'incruste. Garnissez avec la moitié de la préparation aux pistaches en l'étalant bien puis rabattez deux côtés opposés vers le centre. Aplatissez légèrement puis dorez la pâte à l'œuf battu. Repliez-la à nouveau sur elle-même et aplatissez légèrement. Répétez l'opération avec la seconde feuille et le reste des ingrédients. Enveloppez séparément les feuilles de pâte roulées de film alimentaire et laissez reposer 30 minutes au réfrigérateur.

3 Pendant ce temps, préchauffez le four à 200-210 °C. Graissez légèrement deux plaques de cuisson.

4 Coupez les feuilles de pâte roulées en tranches de 1 cm et disposez-les sur les plaques, espacées de 1,5 cm. Enfournez et laissez cuire environ 12 minutes, jusqu'à ce que les palmiers soient légèrement dorés des deux côtés.

5 Pendant ce temps, mélangez le miel et 1 cuillerée à café d'eau de rose dans une casserole puis portez à ébullition. Baissez le feu et laissez mijoter 3 minutes à découvert. Retirez du feu.

6 Passez les palmiers un par un dans le miel. Laissez-les égoutter sur une grille préalablement graissée. Servez froid.

Par portion lipides 4,5 g ; 91 kcal

Pressez délicatement la pâte dans la cassonade avec un rouleau.

Rabattez la pâte vers le centre en faisant se rejoindre les bords.

Repliez à nouveau la pâte vers le centre puis aplatissez légèrement.

Tarte au chocolat et aux pralines

Pour 14 personnes.

PRÉPARATION 20 MINUTES • CUISSON 55 MINUTES

Les pralines sont des amandes mondées enrobées de caramel que vous trouverez dans les épiceries fines.

160 g de chocolat noir en morceaux
160 g de beurre doux
5 œufs, blancs et jaunes séparés
165 g de sucre en poudre
125 g de poudre d'amandes
50 g d'amandes effilées grillées grossièrement concassées
35 g de chocolat noir grossièrement râpé
140 g d'amandes pralinées

Ganache

125 g de chocolat noir en morceaux
80 ml de crème fraîche épaisse

1 Préchauffez le four à 180-190 °C. Graissez un moule à manqué rond puis tapissez le fond et les côtés de papier sulfurisé.

2 Faites fondre le chocolat avec le beurre à feu doux dans une casserole, en remuant jusqu'à ce qu'il soit lisse. Laissez refroidir à température ambiante.

3 Battez les jaunes d'œufs et le sucre jusqu'à ce que l'appareil soit épais et onctueux. Transférez dans un saladier puis incorporez le chocolat fondu, la poudre d'amandes, les amandes concassées et le chocolat râpé.

4 Montez les blancs d'œufs en neige au batteur électrique puis incorporez-les délicatement en deux fois au mélange chocolat-beurre. Versez dans le moule, enfournez et laissez cuire 45 minutes. Laissez reposer 15 minutes à température ambiante avant de démouler sur une grille en métal.

5 Pendant ce temps, préparez la ganache.

6 Nappez le gâteau de ganache et décorez de pralines. Laissez reposer 30 minutes avant de servir.

Ganache Faites chauffer le chocolat et la crème à feu doux jusqu'à obtention d'une sauce lisse.

Par portion lipides 30,8 g ; 421 kcal

Répartissez les morceaux de beurre sur les deux tiers de la pâte.

Couvrez la crème pâtissière pour éviter qu'une peau ne se forme.

Badigeonnez d'œuf battu les bords des feuilletés avant de les fermer.

Feuilletés aux prunes

Pour 24 pièces.

PRÉPARATION 1 H 30 • RÉFRIGÉRATION 12 HEURES • CUISSON 25 MINUTES

250 ml de lait chaud
55 g de sucre
1 c. s. de levure déshydratée
20 g de beurre fondu
1 œuf légèrement battu
335 g de farine
1 c. c. de sel
200 g de beurre
825 g de prunes en conserve égouttées, coupées en deux et dénoyautées
1 œuf légèrement battu
2 c. s. de lait
2 c. s. d'eau
110 g de confiture d'abricot

Crème pâtissière

2 jaunes d'œufs
55 g de sucre
2 c. s. de Maïzena
180 ml de lait
125 ml de crème fraîche
1 gousse de vanille
30 g de beurre

1 Fouettez le lait chaud, le sucre et la levure dans un récipient jusqu'à dissolution de la levure. Couvrez et laissez reposer 15 minutes dans un endroit chaud, jusqu'à ce que le mélange soit mousseux. Incorporez alors le beurre fondu et 1 œuf battu. Tamisez la farine et le sel dans un saladier, versez le mélange à la levure et remuez jusqu'à obtention d'une pâte souple. Transférez cette pâte sur un plan de travail fariné et pétrissez-la 10 minutes, jusqu'à ce qu'elle soit lisse (elle ne doit pas être collante). Mettez-la dans un saladier huilé en la retournant plusieurs fois pour qu'elle soit uniformément graissée. Enveloppez-la de film alimentaire et laissez-la reposer 1 heure à température ambiante puis une nuit au réfrigérateur.

2 Posez la pâte sur un plan de travail légèrement fariné et pétrissez-la 5 minutes, jusqu'à ce qu'elle soit souple et lisse.

3 Étendez la pâte au rouleau en une grande abaisse rectangulaire. Coupez le beurre en petits morceaux. Répartissez la moitié du beurre sur les deux tiers de la pâte. Rabattez la partie sans beurre vers le milieu puis le reste de pâte dessus. Étalez à nouveau la pâte au rouleau pour former un grand rectangle puis pliez-la à nouveau en trois. Enveloppez-la de film alimentaire et laissez-la reposer 30 minutes au réfrigérateur.

4 Retirez le film alimentaire, déroulez la pâte et garnissez-la de beurre sur les deux tiers de sa surface. Repliez-la en trois comme à l'étape 3 puis étalez-la à nouveau avant de la replier en trois une dernière fois.

5 Préparez la crème pâtissière.

6 Préchauffez le four à 220-230 °C. Divisez la pâte en deux portions et abaissez ces dernières en deux grands rectangles peu épais. Divisez chaque rectangle en carrés de 10 cm. Vous devez obtenir 24 carrés.

7 Déposez 1 cuillerée à café bombée de crème pâtissière au centre de chaque carré de pâte et une moitié de prune. Badigeonnez le tour avec l'œuf battu et le lait préalablement mélangés, réunissez les coins opposés et pincez-les délicatement. Disposez les feuilletés sur les plaques de cuisson et dorez-les à l'œuf. Faites-les cuire 12 minutes au four jusqu'à ce qu'ils soient bien dorés.

8 Pendant ce temps, mélangez l'eau et la confiture dans une casserole et faites chauffer à feu doux en remuant, jusqu'à obtention d'une sauce lisse. Passez celle-ci dans un tamis fin et badigeonnez-en les feuilletés dès la sortie du four. Laissez refroidir sur une grille.

Crème pâtissière Fouettez les jaunes d'œufs, le sucre et la Maïzena dans un saladier jusqu'à ce que l'appareil soit léger et mousseux. Mélangez le lait et la crème dans une casserole. Ouvrez la gousse de vanille et mettez-la dans la casserole. Faites frémir sans bouillir puis retirez la gousse. Versez progressivement le lait sur le mélange aux œufs, en fouettant sans cesse. Remettez le tout dans la casserole et faites chauffer à feu doux sans cesser de remuer, jusqu'à épaississement. Retirez la casserole du feu. Versez la crème dans un saladier, ajoutez le beurre et remuez jusqu'à ce qu'il soit fondu. Couvrez de film alimentaire pour éviter qu'une peau ne se forme et laissez refroidir à température ambiante. (La crème pâtissière peut être préparée la veille.)

Par portion lipides 12,4 g ; 213 kcal

Les astuces du chef

• Vous pouvez remplacer les prunes par des oreillons d'abricot ou des cerises dénoyautées.

• La pâte peut être conservée 3 semaines au congélateur. Laissez-la décongeler 2 heures à température ambiante avant de l'étendre au rouleau.

Pudding vapeur aux coings et aux épices

Pour 8 personnes.

PRÉPARATION 25 MINUTES • CUISSON 2 HEURES

800 g de coings
125 ml d'eau
1 c. s. de sucre brun
2 c. c. de zeste d'orange finement râpé
100 g de beurre
110 g de sucre brun
2 œufs légèrement battus
225 g de farine à levure incorporée
1/2 c. c. de bicarbonate de soude
2 c. c. de gingembre en poudre
1 c. c. de cannelle et de noix de muscade en poudre mélangées
125 ml de lait

Sirop d'orange

1 orange moyenne
220 g de sucre en poudre
375 ml d'eau
3 gousses de cardamome légèrement écrasées
1 bâton de cannelle
2 étoiles de badiane

1 Pelez les coings, coupez-les en quatre, retirez le trognon et émincez grossièrement la chair. Mettez les morceaux dans une casserole avec l'eau, 1 cuillerée à soupe de sucre et le zeste d'orange. Couvrez et laissez mijoter à feu doux 30 minutes, en remuant de temps à autre, jusqu'à ce que le coing soit tendre. Laissez refroidir à température ambiante.

2 Battez le beurre et le reste du sucre dans un récipient, jusqu'à ce que l'appareil soit léger et mousseux. Ajoutez les œufs un par un, en battant entre chaque addition. Ajoutez la farine tamisée, le bicarbonate, le gingembre et le mélange cannelle-noix de muscade. Continuez de battre jusqu'à obtention d'un pâte lisse puis incorporez le lait et le coing refroidi.

3 Versez cette préparation dans un moule à pudding graissé, couvrez hermétiquement de papier sulfurisé puis mettez le moule dans une grande casserole et versez de l'eau jusqu'à mi-hauteur. Couvrez et laissez cuire 1 h 30 sans faire bouillir (un léger frémissement suffit). Rajoutez de l'eau si nécessaire.

4 Pendant ce temps, préparez le sirop d'orange.

5 Démoulez le pudding tiède sur un plat de service et nappez-le avec la moitié du sirop. Servez le reste dans une saucière. Vous pouvez proposer aussi de la crème fouettée pour accompagner.

Sirop d'orange Prélevez le zeste de l'orange et coupez-le en fines lanières. Pressez l'orange pour obtenir environ 100 ml de jus. Mettez ce dernier dans une casserole avec l'eau, la cardamome, la cannelle et la badiane. Faites chauffer à feu doux sans laisser bouillir. Quand le sucre est dissous, baissez le feu et laissez mijoter 10 minutes, sans remuer, jusqu'à ce que le sirop épaississe légèrement. Retirez les épices.

Par portion lipides 12,7 g ; 421 kcal

L'ASTUCE DU CHEF

Vous pouvez remplacer les coings par des pommes ou des poires. Ces fruits cuisent moins longtemps. Il vous faudra donc adapter le temps de cuisson en conséquence.

Pudding aux pommes et sa marmelade d'agrumes

Pour 6 personnes.

PRÉPARATION 40 MINUTES • RÉFRIGÉRATION 30 MINUTES • CUISSON 1 H 35

375 g de farine
185 g de beurre coupé en petits morceaux
2 jaunes d'œufs
60 g de cheddar finement râpé
60 ml d'eau environ
6 pommes moyennes
2 c. s. d'eau
2 c. s. de sucre brun
2 c. c. de lait

Marmelade d'agrumes

1 petite orange
1 citron moyen
1 c. s. d'eau
375 ml d'eau
440 g de sucre en poudre environ

1 Préparez la marmelade d'agrumes.

2 Mixez la farine et le beurre jusqu'à obtention d'une chapelure grosssière. Ajoutez les jaunes d'œufs, le fromage et assez d'eau pour obtenir une pâte souple. Pétrissez celle-ci sur un plan de travail fariné jusqu'à ce qu'elle soit lisse. Couvrez et laissez reposer 30 minutes au réfrigérateur.

3 Préchauffez le four à 200-210 °C.

4 Pelez les pommes, évidez-les, coupez-les en deux puis recoupez chaque moitié en six quartiers. Mettez-les dans une casserole avec 2 cuillerées à soupe d'eau et le sucre puis faites cuire 5 minutes à couvert, en remuant à plusieurs reprises, jusqu'à ce que les pommes soient tendres. Laissez refroidir à température ambiante.

5 Étendez la pâte au rouleau entre deux feuilles de papier sulfurisé pour obtenir un disque de 40 cm de diamètre. Retirez la feuille supérieure, retournez l'abaisse sur une plaque de cuisson puis ôtez la seconde feuille de papier.

6 Étalez les quartiers de pomme sur la pâte en laissant un bord de 5 cm. Déposez 6 cuillerées à café bombées de marmelade sur la pomme. Rabattez les bords sur les fruits et badigeonnez-les de lait. Faites cuire 30 minutes au four. Saupoudrez de sucre glace avant de servir.

Marmelade d'agrumes Coupez l'orange et le citron en deux puis émincez-les. Retirez les pépins, mettez-les dans un récipient, recouvrez-les d'eau et laissez macérer une nuit. Transférez les fruits dans un récipient allant au micro-ondes et couvrez-les avec 375 ml d'eau. Laissez macérer une nuit. Passez le jus des pépins au tamis puis versez-le sur les fruits avant de les faire cuire 30 minutes au micro-ondes à couvert, en position de cuisson moyenne. Remuez toutes les 5 minutes ; l'écorce des fruits doit être tendre. Pesez les fruits et ajoutez un poids égal de sucre. Faites cuire à nouveau 30 minutes au micro-ondes en position de cuisson moyenne, jusqu'à ce que la marmelade ait pris. Remuez toutes les 5 minutes. Écumez la surface de la marmelade et laissez-la reposer 10 minutes. Transvasez-la dans un bocal et fermez aussitôt.

Par portion lipides 31,6 g ; 875 kcal

Pudding aux fruits secs

Pour 12 personnes.

MACÉRATION 12 HEURES • PRÉPARATION 40 MINUTES • CUISSON 1 H 20

Ce pudding se prépare traditionnellement avec du pain rassis mais nous l'avons modernisé en utilisant un biscuit de Savoie qui lui donne toute sa finesse.

55 g de raisins de Smyrne
55 g de raisins secs
50 g d'abricots secs coupés en morceaux
35 g de raisins de Corinthe
65 g de figues sèches
2 c. s. d'écorces confites
60 ml de Cointreau ou de Grand Marnier
2 c. s. de jus d'orange
2 petites brioches
80 g de beurre fondu
80 g de confiture d'abricot réchauffée
1 c. s. de sucre glace

Biscuit de Savoie

4 œufs
110 g de sucre en poudre
110 g de farine à levure incorporée
50 g de beurre fondu

Crème anglaise

300 ml de crème fraîche
250 ml de lait
2 œufs
4 jaunes d'œufs
110 g de sucre en poudre

1 Mélangez les fruits secs, les écorces, le Cointreau et le jus d'orange dans un saladier. Couvrez et laissez macérer une nuit.

2 Préparez le biscuit de Savoie puis la crème anglaise.

3 Graissez un moule à manqué. Tapissez le fond et la paroi de papier sulfurisé en le laissant dépasser de 5 cm. Coupez chaque brioche en six tranches. Badigeonnez-les sur les deux faces d'un quart de la confiture préalablement mélangée avec le beurre fondu.

4 Coupez le biscuit en trois disques. Placez le disque inférieur dans le moule à manqué et badigeonnez-le d'un peu de confiture. Coupez huit disques dans la deuxième tranche de biscuit avec un emporte-pièce de 6 cm de diamètre. Badigeonnez-les d'un peu de confiture et réservez-les.

5 Émiettez grossièrement le dernier disque de biscuit. Disposez dans le moule, en couches superposées, la moitié des tranches de brioche puis les fruits macérés et enfin le reste de brioche. Saupoudrez de biscuit émietté avant d'arroser le tout avec le reste de confiture. Nappez de crème anglaise et terminez par les disques de biscuit répartis uniformément. Faites cuire 30 minutes au four. Couvrez de papier d'aluminium et laissez cuire encore 30 minutes. Laissez refroidir le gâteau 30 minutes dans le moule. Retournez-le sur le plat de service. Saupoudrez de sucre glace.

Biscuit de Savoie Préchauffez le four à 200-210 °C. Graissez et farinez un moule à manqué rond. Battez les œufs et le sucre dans un récipient jusqu'à ce que le mélange épaississe puis transférez-le dans un saladier. Incorporez la farine tamisée et le beurre. Versez la préparation dans le moule, enfournez et laissez cuire 20 minutes. Démoulez aussitôt le biscuit sur une grille et laissez-le refroidir. Baissez la température du four à 160-170 °C. (Ce biscuit peut être préparé la veille et conservé une nuit au réfrigérateur.)

Crème anglaise Faites chauffer la crème et le lait dans une casserole à feu doux. Remuez sur le feu jusqu'au point d'ébullition. Fouettez les œufs, les jaunes d'œufs et le sucre dans un saladier. Incorporez progressivement la crème chaude sans cesser de fouetter, jusqu'à obtention d'un appareil homogène.

Par portion lipides 25,6 g ; 487 kcal

Cake au sirop d'orange

Pour 12 personnes.

PRÉPARATION 25 MINUTES • CUISSON 1 H 10

1 grosse orange
500 ml d'eau
660 g de sucre en poudre
160 ml de Cointreau ou de Grand Marnier
250 g de beurre doux ramolli
4 œufs
225 g de farine à levure incorporée
2 c. s. de Maïzena

1 Préchauffez le four à 160-170 °C. Graissez un moule à manqué rond puis tapissez le fond et les côtés de papier sulfurisé.

2 Épluchez les oranges. Émincez finement l'écorce et la chair. Retirez les pépins.

3 Mettez la chair et l'écorce d'orange dans une casserole avec l'eau, 440 g de sucre et le Cointreau. Faites chauffer à feu doux en remuant. Quand le sucre est dissous, portez à ébullition. Baissez le feu et laissez mijoter 15 minutes, jusqu'à ce que l'écorce d'orange soit tendre. Passez le sirop au tamis puis réservez l'écorce et la pulpe.

4 Battez le beurre et 220 g de sucre. Ajoutez les œufs un par un, en battant entre chaque addition. Transférez le tout dans un saladier.

5 Incorporez la farine, la Maïzena et l'écorce d'orange cuite avec sa pulpe. Versez cette préparation dans le moule et faites cuire 50 minutes au four.

6 Pendant ce temps, mettez le sirop dans une casserole et laissez frémir jusqu'à épaississement.

7 Sortez le cake du four et laissez-le reposer 5 minutes à température ambiante avant de le démouler sur une grille, au-dessus d'une plaque de cuisson. Arrosez-le généreusement de sirop chaud. Servez tiède.

Par portion lipides 19,1 g ; 493 kcal

Dacquoise à la crème moka

Pour 12 personnes.

PRÉPARATION 20 MINUTES • RÉFRIGÉRATION 3 HEURES • CUISSON 45 MINUTES

La dacquoise est une superposition de meringue et de crème au beurre. On la déguste froide avec des fruits de saison.

4 blancs d'œufs
220 g de sucre en poudre
2 c. s. de cacao en poudre
200 g de chocolat noir en morceaux
180 ml de crème fraîche
2 c. c. de cacao en poudre

Crème moka

1 c. s. de café instantané
2 c. s. d'eau bouillante
100 g de beurre doux
360 g de sucre glace

1 Préchauffez le four à 140-150 °C. Tapissez trois plaques de cuisson de papier sulfurisé et dessinez un rectangle de 10 cm x 25 cm sur chaque feuille.

2 Battez les blancs d'œufs en neige dans un saladier. Versez progressivement le sucre en continuant à battre entre chaque addition puis ajoutez le cacao tamisé.

3 Étalez cette base à l'intérieur des rectangles dessinés et faites cuire 45 minutes au four, jusqu'à ce que la meringue soit sèche. Éteignez le four et laissez refroidir les meringues dans le four, la porte entrouverte.

4 Pendant ce temps, mettez le chocolat et la crème dans une casserole et laissez fondre à feu doux jusqu'à ce que le mélange soit lisse. Transférez-le dans un récipient, mettez-le au réfrigérateur pour qu'il raffermisse puis fouettez-le 20 secondes, jusqu'à ce qu'il change de couleur.

5 Préparez la crème moka.

6 Posez une meringue sur le plat de service, nappez-la de chocolat puis ajoutez une couche de crème moka. Couvrez avec une deuxième meringue et étalez le reste de chocolat puis le reste de crème moka. Couvrez avec la dernière meringue. Laissez raffermir 3 heures au réfrigérateur. Saupoudrez de cacao en poudre avant de servir.

Crème moka Faites dissoudre le café dans l'eau bouillante et laissez refroidir 10 minutes. Battez le beurre dans un récipient, jusqu'à ce qu'il change de couleur ; ajoutez progressivement le sucre et battez encore jusqu'à ce que le mélange soit homogène. Incorporez le café sans cesser de battre.

Par part lipides 17,3 g ; 394 kcal

Pudding au chocolat et aux poires

Pour 6 personnes.

PRÉPARATION 30 MINUTES • CUISSON 1 H 10

100 g de chocolat noir en morceaux
50 g de beurre
160 ml de lait
25 g de noisettes en poudre
100 g de noisettes grillées grossièrement concassées
220 g de sucre brun
150 g de farine à levure incorporée
1 œuf légèrement battu
2 poires
300 ml de crème épaisse
2 c. s. de sucre glace
2 c. s. de Frangelico (liqueur à la noisette)

Caramel mou

430 ml d'eau
100 g de beurre
220 g de sucre brun
50 g de cacao en poudre tamisé

1 Préchauffez le four à 180-190 °C. Graissez un plat à gratin peu profond.

2 Mettez le chocolat dans une casserole avec le beurre et le lait puis remuez sur le feu jusqu'à ce que le mélange soit lisse. Transférez dans un saladier. Incorporez les noisettes en poudre, les noisettes concassées et le sucre avant d'ajouter la farine et l'œuf.

3 Pelez les poires, évidez-les puis émincez-les. Disposez les tranches au fond du plat en les faisant se chevaucher légèrement puis nappez-les de sauce au chocolat et aux noisettes.

4 Préparez le caramel mou et versez-le sur la sauce au chocolat. Faites cuire 1 heure au four. Laissez reposer 10 minutes.

5 Pendant ce temps, battez la crème, le sucre et la liqueur dans un récipient. Déposez cette crème fouettée sur le gâteau et servez chaud.

Caramel mou Mélangez tous les ingrédients dans une casserole puis faites chauffer à feu doux en remuant sans cesse jusqu'à ce que la préparation soit lisse et bien chaude.

Par portion lipides 60 g ; 1068 kcal

Gâteau aux truffes

Pour 8 personnes.

PRÉPARATION 1 H 30 • RÉFRIGÉRATION 6 HEURES • CUISSON 2 H 15

250 g de beurre coupé en morceaux

200 g de chocolat noir en morceaux

375 ml d'eau

2 œufs

2 c. c. d'extrait de vanille

440 g de sucre en poudre

110 g de farine à levure incorporée

185 g de farine

25 g de cacao en poudre

50 g de chocolat blanc fondu

Crème au chocolat blanc

180 ml de lait

1 gousse de vanille

2 jaunes d'œufs

1 1/2 c. s. de gélatine

2 c. s. d'eau

130 g de chocolat blanc fondu

80 ml de crème épaisse

Truffes au chocolat

200 g de chocolat noir

125 ml de crème épaisse

Ganache au chocolat

200 g de chocolat noir en morceaux

80 ml de crème épaisse

1 Préchauffez le four à 160-170 °C. Graissez un moule à manqué rond ; tapissez le fond et les côtés de papier sulfurisé.

2 Mettez le chocolat dans une casserole avec le beurre et l'eau puis faites fondre à feu doux en remuant sans cesse jusqu'à ce que le mélange soit lisse. Laissez refroidir 10 minutes dans un saladier.

3 Pendant ce temps, battez les œufs, la vanille et le sucre jusqu'à ce que le mélange épaississe. Incorporez le chocolat fondu puis les deux farines et le cacao. Versez la préparation dans le moule et faites cuire 1 h 45 au four. Laissez reposer 10 minutes à température ambiante avant de démouler le gâteau sur une grille. Laissez refroidir puis couvrez de film alimentaire et réservez 3 heures au réfrigérateur.

4 Coupez le gâteau en deux dans la hauteur, à un tiers du sommet. Posez la base la plus épaisse sur un plat de service et creusez 14 cavités à intervalles réguliers, avec une petite cuillère et sans percer le fond. Réservez les morceaux enlevés pour les truffes.

5 Préparez la crème au chocolat blanc et versez-la aussitôt dans les cavités du gâteau. Couvrez avec la partie supérieure et laissez raffermir à nouveau 2 heures au réfrigérateur.

6 Pendant ce temps, préparez les truffes puis la ganache. Étalez la ganache sur le gâteau et décorez de truffes. Décorez les truffes d'un filet de chocolat blanc et laissez reposer 1 heure au réfrigérateur avant de servir.

Crème au chocolat blanc Versez le lait dans une casserole. Fendez la gousse de vanille en deux, mettez-la dans la casserole puis portez à ébullition. Laissez refroidir 10 minutes et retirez la gousse. Incorporez les jaunes d'œufs en fouettant. Transférez le mélange dans un récipient résistant à la chaleur et faites-le cuire 10 minutes au bain-marie sans cesser de remuer jusqu'à ce que la crème ait épaissi. Elle est à la bonne consistance quand elle nappe le dos de la cuillère. Mettez la gélatine et l'eau dans un petit récipient et faites chauffer le tout au bain-marie. Quand la gélatine est dissoute, incorporez-la à la crème aux œufs. Couvrez et laissez refroidir 5 minutes. Ajoutez le chocolat blanc et la crème fraîche en remuant pour obtenir une préparation lisse.

Truffes au chocolat Faites fondre le chocolat à feu doux avec la crème en remuant bien. Quand le mélange est lisse, ajoutez les morceaux de gâteau réservés. Couvrez et faites raffermir au réfrigérateur. Formez des boules de la valeur d'une cuillerée à café rase de ce mélange et posez-les sur une plaque. Laissez au réfrigérateur jusqu'au moment de garnir le gâteau.

Ganache au chocolat Faites fondre le chocolat à feu doux avec la crème et remuez jusqu'à ce que le mélange soit lisse.

Par portion lipides 67, 6 g ; 1 173 kcal

Coupez le gâteau en deux tranches d'épaisseurs inégales.

Creusez des petits trous dans la base du gâteau.

Versez la crème au chocolat blanc dans les trous.

Glossaire

Amande
Fruit de l'amandier. La graine blanche et tendre est recouverte d'une pellicule brune et enfermée dans une coque brune grêlée.
Mondée Débarrassée de la pellicule brune.
Poudre Présente la texture d'une farine grossière. À utiliser comme agent épaississant dans les pâtisseries.
Effilée Coupée en fines lamelles dans la longueur. On peut les faire griller à sec ou au four.

Aneth
Plante ombellifère aux feuilles vert foncé qui ressemblent à des plumes. Ces feuilles ont un léger goût d'anis et ne doivent pas être cuites. On les ajoutera donc en fin de cuisson pour préserver leur saveur.

Aubergine
Fruit d'une plante originaire de l'Inde et cultivée dans le bassin méditerranéen depuis le XVIIe siècle. L'aubergine se cuit à l'étuvée ou se cuisine en gratin ou sautée. On la fera le plus souvent dégorger 30 minutes au sel pour qu'elle rende son eau de végétation.

Bacon
Poitrine de porc maigre fumée.

Badiane (anis étoilé)
Fruit en forme d'étoile d'un arbre de la famille des magnoliacées originaire de Chine. Son goût prononcé d'anis relève de nombreuses recettes asiatiques. On le trouve entier ou moulu. Peut également être utilisé en infusion.

Bambou (pousses de)
Partie la plus tendre des jeunes plants de certaines variétés de bambou.

Betterave potagère
Plante à racine charnue ronde et rouge, le plus souvent consommée cuite, en purée, en tranches, en julienne, etc. Elle est également très bonne crue.

Bok choy
Aussi connu sous le nom de chou blanc chinois. Ce légume a un goût frais, légèrement moutardé. Excellent sauté ou braisé. Les pousses de bok choy sont plus tendres et plus délicates.

Borlotti (haricots)
Haricots rose pâle ou beiges tachés de rouge, on les trouve frais ou secs. Ils peuvent remplacer les haricots pinto, de même aspect, et être utilisés en *frijoles refritos* (haricots frits) mexicains, dans des soupes ou dans des salades.

Boulgour
Grains de blé décortiqués et cuits à la vapeur puis séchés et broyés plus ou moins finement. Très utilisé dans la cuisine du Moyen-Orient, pour le taboulé par exemple.

Cacao
Poudre obtenue en faisant sécher les fèves du cacaoyer, qui sont ensuite grillées et moulues.

Câpre
Bouton floral vert-de-gris d'un arbuste de climat chaud (généralement méditerranéen). On trouve des câpres séchées et salées ou conservées dans la saumure. Les plus petites, qui ont été cueillies plus tôt, sont plus savoureuses et plus chères que les grosses. Il est conseillé de bien les rincer avant de les consommer.

Cardamome
Originaire de l'Inde et très présente dans sa gastronomie, on la trouve en gousses, en graines ou moulue.

Chapelure
Poudre élaborée avec du pain rassis réduit en miettes. On trouve de la chapelure toute prête dans le commerce.

Cinq-épices
Mélange parfumé de cannelle, de clous de girofle, d'anis étoilé, de poivre du Sichuan et de fenouil. Vendu en poudre.

Citron confit
Spécialité d'Afrique du Nord. Les citrons sont conservés, généralement entiers, dans un mélange de jus de citron et de sel. On peut les rincer et les consommer tels quels ou les couper en quartiers pour aromatiser tajines et couscous.

Citronnelle
Herbe longue au goût et à l'odeur de citron. On hache l'extrémité blanche des tiges.

Clou de girofle
Bouton floral séché du giroflier. Il s'utilise entier ou moulu. Son parfum et sa saveur épicés sont très caractéristiques.

Coco
Crème Première pression de la pulpe mûre des noix. Disponible en boîte ou en berlingot.
Lait Il ne s'agit pas du jus contenu dans la noix mais du liquide obtenu par la deuxième pression de la pulpe. Disponible en boîte ou en berlingot.

Concombre du Liban
Concombre court et mince à peau fine.

Coquelet
Jeune poulet de 4 à 6 semaines pesant 500 à 600 g.

Haricots borlotti.

Coriandre
Aussi appelée persil arabe ou chinois, cette herbe vert vif a une saveur très relevée. On utilise aussi les racines et les graines qui ont des goûts très différents.

Courge butternut
Courge en forme de poire, à peau dorée et chair orangée ; appartient à la famille des cucurbitacées. Elle peut entrer dans la composition d'un plat ou dégustée seule. Dans toutes les recettes de cet ouvrage, on peut la remplacer par une autre variété de courge.

Couscous
Semoule de blé dur réduite en grains fins, originaire d'Afrique du Nord.

Crapaudine
Technique de cuisson consistant à fendre une petite volaille en deux, à l'aplatir et à la faire griller.

Cresson
Herbe crucifère poussant dans des lieux humides. Ses feuilles se mangent crues (en salade) ou cuites (en potage ou en sauce). Très périssable, cette plante doit être consommée le jour de son achat.

Curcuma
Racine de la famille du gingembre, séchée puis réduite en poudre d'une teinte jaune intense, très utilisée dans la cuisine asiatique. Elle possède une saveur épicée mais ne pique pas.

Eau de rose
Extrait de pétales de rose broyés, appelé *gulab* en Inde. Elle est souvent utilisée dans les sucreries et les desserts pour ses qualités aromatiques.

Fenouil
Se consomme cru en salade, et braisé ou sauté en légume d'accompagnement. Les graines de fenouil ont une saveur très anisée.

Ficelle de cuisine
Confectionnée dans une matière naturelle comme le coton ou le chanvre, elle n'affecte pas le goût des aliments et ne fond pas à la chaleur.

Fromages
Feta Fromage de brebis ou de chèvre d'origine grecque, friable et au goût fort et salé.
Chèvre et brebis Toutes les variétés du plus frais et moelleux jusqu'au plus sec.
Gruyère Pâte cuite originaire du Jura et de Suisse, à la saveur de noisette.
Parmesan Dur, sec et friable, au goût très marqué. Fabriqué à partir de lait partiellement ou totalement écrémé puis affiné pendant un minimum de 12 mois.

Galanga
Racine séchée d'une plante appartenant à la famille du gingembre. On l'utilise en morceaux pour aromatiser mais on ne la consomme pas (la retirer du plat au moment de servir).

Gélatine
Dans les recettes de cet ouvrage, nous avons utilisé de la gélatine en poudre. Si vous la remplacez par de la gélatine en feuilles, conformez-vous aux indications figurant sur l'emballage.

Racine de galanga.

Genièvre
Baie séchée d'un conifère, le genévrier, elle confère sa saveur caractéristique au gin.

Gingembre
Racine épaisse et noueuse d'une plante tropicale. On l'utilise entière ou moulue.

Harissa
Sauce ou pâte marocaine à base de piment rouge, d'ail, d'huile et de graines de carvi.

Hoisin (sauce)
Sauce chinoise épaisse, sucrée et épicée à base de haricots de soja fermentés et salés, d'oignons et d'ail. Utilisée en marinade ou pour badigeonner viandes et poissons grillés ou sautés. Vous pouvez également la faire entrer dans la composition de certaines sauces.

Huile
Olive Les plus parfumées sont les huiles vierges ou vierges extra. Elles proviennent du premier pressage à froid.
Arachide À base de cacahuètes moulues. La plus utilisée dans la cuisine asiatique car elle supporte de très hautes températures sans brûler.

Baies de genevrier.

Pépitas ou graines de citrouille séchées.

Huîtres (sauce d')
D'origine asiatique, cette sauce brune est composée d'huîtres en saumure, de sel, de sauce de soja et d'amidon.

Kaffir (citronnier)
Feuilles aromatiques d'un petit citronnier qui donne des fruits vert-jaune à l'écorce ridée ; employées fraîches ou sèches dans de nombreux plats asiatiques, notamment thaïlandais.

Kumara
Nom polynésien d'une patate douce à la chair orangée, à ne pas confondre avec l'igname.

Levure chimique
Agent levant composé essentiellement de 2/3 de crème de tartre et de 1/3 de bicarbonate de sodium. Lorsque ce mélange acide et alcalin est humidifié et chauffé, il dégage du dioxyde de carbone qui aère et allège l'appareil à la cuisson.

Masala
Signifie mélange d'épices. Un masala peut se présenter sous forme de pâte, de poudre ou d'épices entières et peut comporter des herbes et autres aromates. Il en existe une multitude, chacun donnant son nom à un plat traditionnel.

Menthe vietnamienne
Herbe aromatique à la saveur âcre, aussi appelée laksa ou menthe cambodgienne. Elle est utilisée dans de nombreuses soupes et salades asiatiques.

Mirin
Vin de riz doux, peu alcoolisé, utilisé dans la cuisine japonaise. À ne pas confondre avec le saké, qui se boit.

Nouilles de riz sèches
Ë base de farine de riz et d'eau. Il en existe de différentes largeurs, rondes ou plates. On doit les plonger dans l'eau bouillante pour les ramollir.

Nuoc-mâm
Aussi appelé *nam pla*. Sauce à base de poisson fermenté réduit en poudre (généralement des anchois). Très odorante, elle a un goût prononcé. À utiliser avec parcimonie.

Oignon de printemps
Petit bulbe blanc relativement doux aux longues feuilles vertes et croquantes.

Pancetta
Poitrine de porc fumée. On peut la remplacer par du bacon.

Paprika
Piment doux séché et moulu. Existe en version douce ou forte.

Pepitas
Graines de potiron séchées.

Pide
Pain turc à base de farine de blé et parsemé de graines de sésame, de nigelle ou de fenouil. Il se présente en longues miches plates (45 cm) ou en petits pains ronds individuels.

Pignons de pin
Petites graines beiges provenant de la pomme de pin.

Piments
Généralement, plus un piment est petit, plus il est fort. Mettez des gants en caoutchouc quand vous les coupez et les épépinez, car ils peuvent brûler la peau.
Chipotle Piments jalapeños séchés et fumés ; la saveur fumée l'emporte sur la force du piment. Ces piments de 6 cm de long sont brun foncé, presque noirs. On les trouve dans les magasins spécialisés dans les épices.
Éclats Lamelles et graines entières de piments séchés. Ils sont parfaits pour la cuisson ou en condiment, saupoudrés sur des plats cuits.
Moulu À utiliser faute de piments frais, à raison de 1/2 cuillerée à café de piment moulu pour un piment frais moyen haché.
Sauce de piment douce Sauce peu épicée composée de piment rouge, de sucre, d'ail et de vinaigre.
Sauce de piment forte Variété chinoise composée de piment oiseaux, de sel et de vinaigre. À utiliser avec parcimonie.
Rouge thaï Petit piment allongé rouge vif, moyennement fort.
Cayenne Piment rouge long, extrêmement fort, généralement vendu séché et moulu (poivre de Cayenne).

Pistache
Noix vert pâle à la saveur délicate, dans une coquille dure blanc cassé. Pour les monder, faites tremper les noix décortiquées dans l'eau bouillante environ 5 minutes puis séchez-les avec du papier absorbant. Frottez la peau avec un tissu pour la retirer.

Poireau
Il appartient à la famille de l'oignon et ressemble à un oignon vert géant mais son goût est plus doux et plus subtil.

Pois cassés
Pois jaunes ou verts séchés. Ils entrent dans la composition de soupes et de ragoûts. Cuisinés seuls avec des épices, ils constituent un plat complet très riche.

Pois chiches
Aussi appelés, garbanzos, channa ou houmous, ces pois de couleur sable sont très utilisés dans la cuisine méditerranéenne.

Poivre du Sichuan
Poivre à petits grains brun-rouge et au goût citronné.

Poivron
Originaire d'Amérique centrale et du Sud, il existe en diverses couleurs, rouge, vert, jaune, noir violacé et orange. Retirez les graines et les membranes avant de l'utiliser.

Polenta
Semoule de maïs. Plat italien du même nom.

Raifort (crème)
Pâte à base de raifort râpé, de graines de moutarde, d'huile et de sucre.

Riz
Arborio Riz à petits grains ronds, à forte capacité d'absorption de liquide.
Basmati Riz blanc à longs grains très parfumé. Le rincer plusieurs fois avant de l'utiliser.
Au jasmin Riz aromatique à longs grains, qui peut remplacer le riz blanc.

Roquette
Salade verte au goût poivré. Les jeunes feuilles ont une saveur plus douce. Elle peut être cuite ou consommée crue.

Safran
Sous forme de stigmates ou moulu, il donne une belle teinte jaune aux aliments. Cette épice très parfumée est parmi les plus coûteuses.

Sauce de soja
Elle est composée d'un mélange de haricots de soja, de blé et d'eau qu'on laisse fermenter. La sauce de soja est assez salée, même la sauce de soja claire. Il existe une version allégée en sel.

Semoule de blé dur
Fabriquée à partir du cœur du blé, moulue plus ou moins finement, mais toujours plus fine que la farine ordinaire. Ingrédient essentiel des bonnes pâtes fraîches, des gnocchis et de nombreuses pâtisseries du Moyen-Orient et de l'Inde.

Sucre
Dans les recettes, nous avons utilisé du sucre blanc cristallisé, sauf mention contraire.
Brun Sucre finement granulé dans lequel subsiste de la mélasse qui lui confère sa couleur et sa saveur particulières.
Sucre glace Sucre extra-fin obtenu par le broyage de sucre cristallisé blanc raffiné ou non.
Semoule (en poudre) Sucre cristallisé broyé finement.
De palme Il est confectionné à partir de la sève de certains palmiers. De brun clair à brun très foncé, il se présente sous la forme de blocs durs, à râper. Il peut être remplacé par de la cassonade.

Sumac
Épice moulue, pourpre, tirée de la baie d'un arbuste de Méditerranée orientale. Elle apporte une saveur acide et citronnée aux sauces et aux assaisonnements et relève les viandes grillées au barbecue. On la trouve dans les épiceries de produits du Moyen-Orient.

Tamarin
Fruit du tamarinier. Vendu sous la forme d'une pâte épaisse, violet foncé, prête à l'emploi. Donne aux plats un goût acidulé.

Menthe vietamienne

Tomate
Cerise Tomate petite et ronde.
Olivette ou Roma Tomate assez petite de forme ovale.
Semi-séchée Morceaux de tomates partiellement séchés et conservés dans l'huile d'olive. Elle est plus tendre et plus juteuse que la tomate séchée, mais se conserve moins longtemps.

Vanille
Gousse séchée longue et fine d'une orchidée tropicale cultivée en Amérique centrale, en Amérique du Sud et à Tahiti. Elle contient de minuscules graines noires qui confèrent une saveur incomparable aux pâtisseries et aux desserts.
Sucre vanillé Sucre aromatisé avec des graines de vanille. En vente en petit sachet dans les grandes surfaces et en boîte dans les épiceries fines. Vous pouvez le préparer vous-même en mettant une gousse concassée dans un bocal de sucre.
Extrait Obtenu par macération de gousses dans de l'alcool et de l'eau.
Essence Obtenue par macération des gousses dans de l'eau.

Vinaigre
Balsamique Provient exclusivement de la province de Modène en Italie. Élaboré à partir d'un vin régional de cépage trebbiano. Il doit son parfum unique, à la fois doux et mordant, à un traitement spécial et à son vieillissement en vieux fûts de chêne.
De malt Produit de la fermentation de malt d'orge et de copeaux de hêtre.

Table des recettes

Soupes et hors-d'œuvre

Plats mijotés

Plats au four et au barbecue

Pains, cakes et biscuits

Pâtisseries et douceurs

• Marabout Chef •

Traduction
Catherine Bricout

Adaptation
Élisabeth Boyer

Mise en pages
Domino

Relecture
Antoine Pinchot

Marabout
43, quai de Grenelle – 75905 Paris Cedex 15

Publié pour la première fois en Australie
en 2003 sous le titre *The Weekend Cook*

Dépôt légal n° 50380 en septembre 2004
ISBN : 2501043154
NUART : 40.9269.8/01

Imprimé en Espagne par Gráficas Estella